edition Schreibrausch

10 inspirierende Kurzgeschichten zum Thema

Loslassen

herausgegeben von Michael Draksal

«Wenn Dein Pferd tot ist, steig ab.»

– Indianisches Sprichwort –

Was sammelst Du?

Briefmarken, Erfahrungen, Fahrpläne der Deutschen Bahn ... Egal wie schräg Deine Leidenschaft auch sein mag, alles ist gut, solange es nicht zu Zwangshandlungen führt. Wer nicht mehr loslassen kann, bekommt schnell Probleme. Der Messie ist unfähig, sich zu trennen, selbst von Abfall. Oder nehmen wir Beziehungen, die längst beendet sind und die wir dennoch nicht loslassen können oder wollen. Welches Leid würde uns erspart bleiben, wenn wir nur loslassen würden.
Die gute Nachricht ist: Jeder kann lernen loszulassen! Als ultimative Methode hierfür sehe ich das „Leben im Hier und Jetzt", also achtsam und bewusst in der Gegenwart anzukommen und eben nicht zwanghaft in der Vergangenheit zu verweilen.

Wie geht das?

Meditiere, führe ein Dankbarkeitsjournal, sei nicht so streng zu Dir und zu anderen – „Lächle sie weg, die Arschlöcher, lächle sie weg" und komm in den Flow!
Als ich durch einen Umzug gezwungen war, auszumisten, stand ich vor einem Problem: Die neue Wohnung hat keinen Keller, deshalb

mussten rund 15 Umzugskartons entsorgt werden. Sie waren voll mit Erinnerungen aus den letzten 25 Jahren: mein erster Handy-Vertrag, Hörspiel-Kassetten (ja, wirklich), alte Tagebücher (die waren am schwersten zu entsorgen).

Wie habe ich es geschafft, loszulassen?

Ich habe mir alle Gegenstände nacheinander angeschaut und jeweils entschieden, ob ich sie a) auf eBay verkaufen oder b) wegwerfen kann. Wenn etwas in die Kategorie b) fiel, war die Anschlussfrage, ob a) direkt in den Müll oder b) erst abfotografieren und dann in den Müll.
Die Fotos dienen als Erinnerungshilfe und machen es leicht, sich tatsächlich zu trennen. Hat für mich prima funktioniert. Man fühlt sich so befreit, das ist unbeschreiblich! Und falls ich doch mal in Erinnerungen schwelgen möchte, habe ich ja die Bilder, eigentlich ganze Alben, die ein paar emotionale Stunden geben, aber alles sehr versöhnlich und „gesund", als bewusste Entscheidung: Schätze die Erfahrungen Deines Lebens wert, sie haben Dich zu dem Menschen gemacht, der Du heute bist.
Übrigens kamen bei dem eBay-Verkauf unglaubliche 1400 Euro zusammen. Damit waren die Umzugskosten komplett finanziert. Wahnsinn, wie viel Geld in Kartons versteckt ist!
Herzlich willkommen zu diesem zweiten Sammelband aus der Edition Schreibrausch, diesmal zum Thema „Loslassen"! Wie schon im letzten Jahr haben wir wieder einen Kurzgeschichten-Wettbewerb ausgelobt und die besten Kurzgeschichten hier veröffentlicht. Folge den wunderbaren Autorinnen und Autoren auf ihren Instagram-Kanälen, einige haben bereits Bücher geschrieben, andere sind mitten drin im Schreibprozess:

Céline Zimmer
www.instagram.com/_dazwischen

Dominique Walker
www.instagram.com/dolli.walker.schreibt

Jenny Mohr
www.instagram.com/jennymohr_autor

Elifcan Ünal
www.instagram.com/elifjane

Sandra Wiedemann
www.instagram.com/wiedemann.sandra.autorin

Christina Leoni
www.instagram.com/cl_colourfullife

Marina Kryuchkova
www.instagram.com/mkryuchkova

Jennifer Böhm
www.instagram.com/jenniferboehm.author

Michael Thode
www.instagram.com/michael_thode_autor

Kimberly Heinke
www.instagram.com/kimiii_h

Viel Spaß mit den Kurzgeschichten rund um das Thema „Loslassen“ wünscht:

Michael Draksal
Herausgeber der Edition Schreibrausch
www.Edition-Schreibrausch.de

Keller und eine Zimmerpflanze

von **Céline Zimmer**

Während mein Kaffee neben mir langsam kalt wird, sehe ich mich in diesem Auto sitzen, in dem Lisa und ich sonst immer die Musik so laut aufdrehten, dass es fast in den Ohren schmerzte. In dem wir gesungen hatten, geraucht, ich mich auf dem Beifahrersitz geschminkt hatte, in diesem kleinen klebrig aussehenden Spiegel, der immer im Handschuhfach gelegen hat. Jetzt war von all dem nichts mehr übrig. Eine Zimmerpflanze stand auf meinem Schoß. Grün, die Erde noch feucht, vier große Blätter hatten sich bereits gebildet. Die Abendsonne spielte Schattenhaschen durch die Laubbäume der Landstraße. Es war ganz still. Und ich war es auch.

Als ich Leon kennengelernt habe, hatte mir das Leben wohl etwas Gutes tun wollen. Wie wir dort saßen, auf dieser Bank, mit dem Blick über die Genfer Altstadt, eine Flasche Rotwein stand zwischen uns. Aufgeregt waren wir wohl beide, ein bisschen zumindest. Erste Dates halt. Er war etwas schüchtern, lieb sah er aus, sehr lieb sogar. Wir redeten über die klassischen Dinge; unsere Einstellung zu linker Politik und den absolut übertriebenen Gendersternchenschreiber*innen, wo wir herkamen, was für uns Zuhause bedeutet, was wir gerne trinken, was wir gerne sehen, was wir gerne tun. Gelacht haben wir viel, wir hatten immer schon den gleichen Humor. Ein gutes Zeichen. Alles lief natürlich ab, schön war es, ein wenig unaufgeregt, diese innere Ruhe, von der mein Therapeut immer sprach, die fühlte ich tief in mir. Ich ließ mich fallen, in diese Ruhe. Wie ein wundervoller See inmitten der schwedischen Natur kam er mir vor. So ganz anders als das wütende Meer, welches mir sonst so bekannt war, ein friedvoller Ort, ein friedvoller Gegner, der sich bereits an unserem ersten Abend als etwas entpuppte, das man wohl eher einen Partner als einen Gegner nennen konnte. Wie von selbst sind wir, als es uns so langsam kalt wurde in dieser frühsommerlichen Nacht, zu ihm gefahren. Gefallen hat mir da schon ziemlich alles an ihm, merke ich gerade.

„Soll ich dir mein Bett überlassen?", hatte er mich gefragt, als ich in seinem Zimmer stand, weil ich zu müde war, um drei Uhr nachts – welch eine unchristliche Zeit an einem Sonntagabend für einen Bayer und eine Schweizerin, die am darauffolgenden Tag beide arbeiten mussten – noch nach Hause zu fahren. Ich lächelte. „Nein, natürlich nicht!", sagte ich leise. Natürlich dürfte er sich mit mir das Bett teilen. Ja, wir hatten uns noch nicht geküsst. Komisch, dachte ich damals, während mir klar wurde, dass wir die letzten sieben Stunden unseres Abends nur mit Reden verbracht hatten. Er legte sich neben mich ins Bett. Wie schön er aussah, mit seinen weichen Wangen und seinen wundervoll blauen Augen.

Kaum konzentrieren kann ich mich beim Versuch, mich an diesen Moment zu erinnern und an das Gefühl. Es vermischt sich alles. Wie Keller sich plötzlich zu mir umdrehte und mich endlich küsste. Und wie er mich packte, mit seinen starken, großen Händen – im Eifer des Gefechts hätte er mich fast die Mauer runtergestoßen, auf der ich saß, die Füße einen halben Meter über dem Boden baumelnd, damit wir uns in die Augen sehen konnten. Aber er hielt meine Taille fest und zog mich wieder an sich heran, während mein ganzer Körper ihn begehrte. Jede einzelne Faser sehnte sich nach ihm, nach seinen Lippen, nach seiner starken Brust und seiner rauen Haut. Er packte mit seiner großen Hand an meinen Hals und zog mich an sich. Seine Finger streiften meinen Nacken hoch, leicht und zart, und griffen dann mit voller Bestimmung in meine Haare. In mir machte sich ein Gefühl des Schwindels breit, der Ohnmacht. Und genau das war ich auch in dem Moment; ohnmächtig und völlig erlegen. Der ältere Herr am Tisch neben mir hebt den Kopf, während ein Windzug die Seiten seiner Zeitung ärgert. Er versucht sie glattzustreichen. Sieht – aus meiner Perspektive – ziemlich erfolglos aus. Ich muss an

Leon denken und an das Gefühl, dass ich bei ihm sagen konnte, was auch immer mir durch den Kopf ging, er würde es nicht merkwürdig finden. Mehr noch, wie sich nach einer Zeit herausstellte, er verstand mich sogar. Ein Seelenverwandter, könnte man sagen. Vertraut. Sicher, irgendwie. Ich sehe Bilder vor mir, auf denen wir beide in einem Café in Metz sitzen, den gleichen Kaffee trinken, jeder liest ein Buch, ich eines, das er mir ausgeliehen hat, er eines, das ich ihm ausgeliehen habe. Fast zeitgleich griffen wir in regelmäßigen Abständen zu unseren Zigarettenpäckchen. Als es uns auffiel, dass wir sogar beim Rauchen den gleichen Takt hatten, den gleichen Rhythmus, das Gleiche zur gleichen Zeit dachten, sahen wir uns an und mussten lächeln.

Das Café war an einer Brücke über der Mosel. Die Architektur der gegenüberliegenden Straße, die Luft, die Palmen, die merkwürdigerweise so ziemlich überall in Frankreich standen – es erinnerte mich alles ein wenig an Paris. Am Nebentisch saßen zwei ältere, wohl befreundete Damen, ich merkte, wie sie zu uns rübersahen und tuschelten, wahrscheinlich über unser *jeune amour*[1]. Ich habe das immer schon gemocht, wenn ältere Menschen sich jüngere Pärchen ansehen und voller Nostalgie an ihre eigenen Liebschaften erinnert werden. Und mit Leon muss es wohl sehr danach ausgesehen haben, dass wir uns liebten, wahrscheinlich auch schon ewig und für immer. Wie ein eingespieltes Team liefen wir immer in die gleichen Gassen, hatten immer auf dasselbe Lust, mochten das gleiche Essen, die gleiche Musik. Leon war – für einen Außenstehenden – vielleicht gar nicht so besonders. Mit seinem langweiligen Job als Consulter, der bei Tag Anzug trug, abends dann Birkenstocks, der in seinem Zimmer weder einen Plattenspieler

[1] Französisch: *junge Liebe*

stehen hatte noch ein volles Bücherregal, es dennoch verstand, dass ich unsinnigerweise immer noch der Ansicht war, dass ich irgendwann mal Schriftstellerin werden würde. Leon mochte bescheuerte Youtube-Videos von alten Pseudorealityshows und wollte gleichzeitig unbedingt bei ARTE arbeiten. Leon reparierte ein altes Fahrrad und ging danach mit seinen Arbeitskollegen zum Tennistraining. Leon war einer der klügsten Menschen, die ich kannte, doch wenn er sich zu einem Thema noch nicht informiert hatte, meinte er einfach: „Dazu habe ich keine Meinung." Nichts Besonderes von außen betrachtet. Für mich, für mich jedoch, war er mehr als besonders. Vor allem aber zeigte er mir durch seine Besonderheit, dass auch ich besonders war. Ich, die sich früher nie ganz einer Gruppe zugehörig gefühlt hatte, nie ganz nur einem Thema, einem Stil, einem Interesse, einer Einstellung zuordnen konnte und irgendwie, in meinem tiefsten Inneren, immer das Gefühl hatte, genau diese Unentschlossenheit würde mich ein wenig belanglos, gar uninteressant, normal machen. Leon zeigte mir – und ich glaube, es war ihm gar nicht bewusst – dass es genau jene Facetten sind, seien sie noch so kontrovers, die mich am Ende zu einem besonderen Menschen machen, zu einer Persönlichkeit, die ich immer schon so dringend sein wollte. Ich schätzte die Summe der unterschiedlichen Teile an ihm, und mir wurde dadurch klar, dass ich sie auch an mir schätzen sollte und konnte. Wir waren wie ein Ebenbild, und alles was ich in ihm sah, sah ich ganz plötzlich auch in mir.

„Das klingt doch perfekt, denken Sie nicht?" Erwartungsvoll blicke ich den älteren Herrn am Nebentisch an. „Seien Sie doch mal ehrlich: Ist es nicht das, von dem alle reden? Einen Seelenverwandten finden, mit ihm alt werden, immer jemanden an seiner Seite zu haben, der Sie versteht, oder es vielleicht gar nicht muss, weil er eigentlich nur sich selber kennen muss, um auch Sie zu verstehen? Hatten Sie sowas in

Ihrem Leben?“ Ich warte auf seine Antwort. Er versucht mich anzulächeln, ängstlich irgendwie, nickt einmal ganz leicht mit dem Kopf und wendet sich sofort wieder seiner Zeitung zu. Ist wohl nicht sonderlich gesprächig …

„Ich würde fast eher sagen, dass ich dich liebe, als dass ich jemals in dich verliebt war.“ Das hatte ich am Ende zu Leon gesagt. Danach hatte er die Zimmerpflanze geholt, deren Ableger er nun seit Wochen für mich gezüchtet hatte. Letzte Woche war meine Mutter bei mir zu Besuch. Wir hatten uns beide darauf gefreut, sie etwas mehr als ich, das ist wohl normal. Sie kam die Treppen zu meiner Wohnungstür hoch, ich blieb in der Tür stehen und schrie fast: „Mama, ich muss dir gleich was sagen! Ich will mich von Leon trennen!“ Gut, dass es raus war, jetzt konnte ich sie auch reinlassen. Sie war überrascht, versuchte ihre Enttäuschung mit einem aufmunternden Lächeln zu überdecken und ließ sich auf einen meiner Küchenstühle fallen. Die arme Frau, wahrscheinlich hatte sie sich darauf gefreut, dass nun endlich – *endlich* – auch mal ihre jüngste Tochter unter die Haube kam, hatte doch ihre älteste vor einem Monat erst geheiratet. Naja, dachte ich mir, immerhin halte ich dich auf Trab, dann wirst du auch nicht so schnell alt. Als sie mich fragte, warum denn, da begann ich meinen Satz – zugegeben, ich habe meiner Mutter nur die halbe Wahrheit erzählt – mit:

„Wir sind uns einfach viel zu ähnlich …“ Sie unterbrach mich mit ihrem Lachen. Ich wusste, woher es rührte. Sie und mein Vater, immer noch verheiratet, sind so unglaublich unterschiedlich, dass ich bis heute nicht verstehe, wie die zwei es miteinander aushalten. „Ich weiß, Mama, man will halt immer das, was man nicht hat.“ Sie hatte ihre Hand an den Mund gelegt und lächelte, verwirrt, aber sogar vielleicht ein wenig verständnisvoll. *Das, was man nicht hat …* Was habe ich denn nicht? Beginnen wir vielleicht eher damit, wie unterschiedlich Dinge in der Theorie und in der Praxis aussehen können. Ich bin jetzt Mitte zwanzig, habe einen fantastischen Job, eine eigene Wohnung (Gott bewahre, wie ich diese ganzen Schulden jemals abbezahlen soll), und wie würde mein bester Freund Stefan, natürlich schwul, sagen; ich bin wohl ziemlich heteronormativ (was ziemlich beleidigend ist übrigens, aber dieses Fass will ich hier nicht aufmachen!). Ich habe in meinem Leben schon vieles erlebt, früher was Jungs angeht, heute was Männer angeht – gut, teilweise immer noch eher Jungs. Sicher waren das nicht bloß positive Erfahrungen, viele gebrochene Herzen – meistens meines –, viele vergessene Nächte und grausame Kater an darauffolgenden Morgen. Ich hatte nie das Gefühl, dass ich irgendetwas verpassen würde in meinem Leben oder irgendetwas noch nicht gemacht hätte. Gut, ich könnte vielleicht mal mit einer Frau schlafen, um es mal auszuprobieren. Wie heteronormativ findest du das jetzt, Stefan? Ich schweife ab. Was ich eigentlich damit sagen will, ist, dass ich das Gefühl hatte, ich wäre bereit für eine Beziehung. Ich hatte das Gefühl wirklich, vor allem, dachte ich, wenn der Richtige kommen würde. Und eines war Leon sicher irgendwie: der *Richtige.* Und auch wenn ich diese Ansicht selber vertrete, oder vielleicht gerade weil ich das tue, war er wohl nicht der Richtige für diesen Moment. Ich dachte tatsächlich, ich könnte mein altes Ich hinter mir lassen, nicht völlig, sondern nur ein bisschen, etwas ernster werden, mich auf die wichtigen Dinge im Leben konzentrieren, wie Verständnis, Partnerschaft, Vertrauen … Hier ein kleiner Spoileralarm: Ich konnte es nicht. *Man will halt immer das, was man nicht hat …* Oh und wie ich wollte! Er sah die ganze Zeit in den Himmel, sein starker, breiter Männerrücken war mir zugewendet. Fast ein bisschen unbeholfen, der sonst so standfeste Macker, der mir immer Konter gab. Ich musste mich manchmal fast konzentrieren, um ihm zu antworten, wie in einem Debattierclub. Eigentlich habe ich keine Ahnung, was man in einem Debattierclub macht, ich war noch nie in einem. Aber er drehte sich immer wieder zu mir um und sah mir in die Augen, diese verruchten Augen, die mir ganz kurz Einblicke in sein wirkliches Ich verschafften, seinen *weichen Kern.* Es machte mich wahnsinnig, wie gut mir das gefiel. Und wie gut es mir gefiel, obwohl ich wusste, dass Kerle wie er es auf jeden Fall draufhatten, Frauen das Gefühl zu geben, etwas Besonderes zu sein, indem sie so taten, als würden sie ihnen etwas anvertrauen, was sie bei anderen nicht tun würden. Ich kenne das und durchschaue es. Vor allem, weil es eine Masche ist, die ich selber gerne mal bei dem ein oder anderen Kerl angewandt habe. Nur leider konnte ich in diesem Moment rein gar nichts durchschauen. Ich konnte nicht einmal klar denken. Mein Verstand hatte sich völlig verabschiedet. Jedes Mal wenn er sich wieder zu mir drehte, dachte ich mir nur *Küss mich endlich, du Idiot! Warum küsst du mich denn nicht?* Ich gestehe – wenn ich jetzt so darüber nachdenke – es war nicht die romantischste Kulisse. Sonntagabends auf dem Parkplatz eines Einkaufszentrums, zwei Schachteln Zigaretten und zwei Dosen Halbe neben uns. Das geht besser. Aber selbst dieser seelenlose Ort wurde irgendwie zu etwas Besonderem, dadurch, dass Keller sagte, es sei sein Lieblingsplatz in diesem gottverlassenen Vorort, dadurch, dass die Sonne gerade unterging und er mit einem verschmitzten Lächeln bemerkte: „Na, jetzt wird's hier noch ganz schön romantisch zwischen uns, oder wie?"

„Ach halt die Klappe, Keller!", antwortete ich. Aber natürlich gefiel es mir, und *natürlich* hatte Keller, ein Kerl, der mit Ach und Krach seinen Realschulabschluss geschafft hatte, sofort bemerkt, dass es das tat. Wie gesagt, der Unterschied zwischen intellektuell und intelligent. Und ich war in diesem Moment irgendwie keines von beidem. Als wir irgendwann auf die Uhr sahen und bemerkten, dass wir beides hatten; mehrere Anrufe in Abwesenheit und die Zeit vergessen, sind wir wieder ins Auto gestiegen, um nach Hause zu fahren. Zu den anderen. Die nichts merken durften. Ich musste das alles erstmal für mich ordnen, bevor ich das irgendjemandem erzählen konnte. Und so oder so wollte ich bestimmt nicht, dass das halbe Dorf darüber Bescheid wusste – was sie natürlich nun trotzdem tun. Es hatte mich schon auf eine gewisse Weise heißgemacht, wie Keller sich den Rücksitz in die hinterste Stufe gestellt hatte, als er eingestiegen war. Dass nun seine ewig langen, muskulösen Beine neben mir saßen, während er mir die ganze Zeit an die Brust fasste, obwohl ich am Fahren war, machte es nicht besser.

„Fahr da rein!“, sagte er. Mit diesem Befehlston, den ich hasse, aber natürlich – ich schüttele beim Gedanke daran genervt den Kopf – gleichzeitig ziemlich heiß finde. Sokrates, mein Therapeut, meinte, nachdem ich ihm alles erzählt hatte, mir würde vielleicht eine gewisse Dominanz fehlen, und dass ich meiner devoten Seite ruhig mehr Platz einräumen soll. Da das für mich alles ein wenig zu sehr nach BDSM klingt, unterlasse ich es mal, hier diese Begriffe zu verwenden. Denn *ja, Stefan!* Ich bin wohl etwas heteronormativ.

„Nein, was soll das?! Ich fahr doch nicht da rein! Ich fahre hier gerade, oder fährst du etwa?“ Ich konnte das nicht ganz so überzeugend rüberbringen wie gewollt, da ich kichern musste, eigentlich über meine eigene Dummheit. „Das ist ein Schleichweg, das geht schneller, du fährst jetzt da rein!“ Gut, Schleichweg also. Was die Begrifflichkeit eines Weges im Sinne von *befahrbar* angeht, haben Jungs vom Dorf wohl eine andere Definition als ich. Das Auto ruckelte über den steinernen *Weg.* Was hatte ich da gerade getan? Und warum war meine einzige Sorge nur, wann wir es wiederholen oder fortführen könnten? Was war mit Leon? Dem lieben Leon …

„Wenn wir jetzt nach Hause kommen, müssen wir uns was ausdenken, was wir den anderen erzählen können!“, sagte ich. Erst Emotionen, dann Planen – typisch für mich! Keller schaute ein wenig verwirrt – verwirrt war der wohl oft, so hohl wie der war! Ihm war wohl gerade bewusst geworden, dass wir nun nicht einfach auf mein Zimmer verschwinden und einfach weitermachen würden, als er sich zu mir umdrehte, mich ansah, und *einfach so* in voller Fahrt die Handbremse zog. Für meine Empörung war gar keine Zeit, er packte mich und küsste mich. Er zog mich fest an sich ran, biss mir zärtlich in die Lippe. Ein Stromschlag zuckte durch meinen ganzen Körper.

„So, jetzt ist gut, jetzt können wir gehen." Gerne hätte ich hier so etwas erwidert wie *Was denkst du eigentlich, wer du bist, hier die Handbremse zu ziehen, während ich fahre* oder *Hast du sie noch alle? Entscheidest du jetzt, wann gut ist und wann wir fahren können?* Nur leider brachte ich nichts weiter raus als ein Kichern. Wie eine Zwölfjährige. Lächerlich.

„Es kommt wohl ein Sturm auf!" Der ältere Herr neben mir sieht mich nun besorgt an. Jetzt will er also reden, der Alte? Ich nicke kurz und schließe die Augen. Nach unserem ersten Kuss damals, in Leons Bett, fühlte ich mich gut. Ganz ruhig, irgendwie. Er nahm mich in den Arm und gab mir, als ich neben ihm lag, einen Kuss auf die Stirn. *Du Jamais Vue*[2] in meinem Leben, hatte doch bisher niemals ein Typ mich beschützt. Ich war die Beschützerin, die Reglerin, die Problemlöserin gewesen. Niemals hatte ich mich einfach fallen lassen und darauf vertrauen können, dass sich jemand nun auch um mich kümmern würde. Ich konnte nicht so recht einordnen, was das bedeuten würde, nur eben, dass es sich gut anfühlte. Später an diesem Abend sagte ich ganz leise:

„Ich drehe mich jetzt weg. Ich schlafe nicht so gut bei jemandem im Arm ein." Darauf wartend, dass er das irgendwie komisch finden würde, war ich fröhlich über seine Antwort: „Das ist bei mir auch so. Schön,

---

[2] Französisch: *etwas noch nie Dagewesenes*

dass du das sagt. Ich drehe mich auch weg".

Von nun an schliefen wir also so ein. Mit dem Rücken zueinander. Dafür gut und tief. Das Leben ist ja nicht nur eine Liebesgeschichte, wir haben ja immerhin alle Jobs, für die wir fit sein müssen! Ich erinnere mich daran, dass ich Keller das Gleiche gesagt hatte, dass ich mich wegdrehen wollte, als er das erste Mal bei mir übernachtete.

„Sag mal, hast du sie noch alle? Du kommst jetzt her zu mir", schrie er fast und zog mich an sich ran. Und so bin ich eingeschlafen, in Kellers Armen.

„Glauben Sie, dass es regnen wird?", frage ich in die Richtung des älteren Herrn. Er blickt in den Himmel – er soll besser aufpassen, dass ihm seine Schiebermütze nicht vom Kopf fliegt – und zuckt kurz mit den Schultern. Was für ein zähes Gespräch, denke ich mir und wende mich wieder Wichtigerem zu. Die Spannung, die eine intelligente Frau wie ich – ich betitele mich jetzt mal selbst als intelligent, und wohl irgendwie auch als Frau – empfinden kann, wenn ein minderbemittelter Kerl (und ich rede hier nicht von finanziellen Mitteln) ihr schreibt *Du wirst heute noch rangenommen,* ist schon eines der Dinge, die ich äußerst erstaunlich und interessant finde. Was soll das denn darstellen? *Du wirst heute noch rangenommen.* Du hast das Glück, dass ich heute noch meinen Schwanz dazu erbarme, in dich einzudringen? Gott, ich hoffe der Alte am Nebentisch kann meine Gedanken nicht hören! Wer sind wir nur als Frauen – ach, lassen wir die Genderdebatte – als Menschen geworden, wenn das reicht, um uns ein aufgeregtes Gefühl zu verschaffen? Oder ist es eben genau diese Bestimmtheit, gepaart mit dem Wissen, das wir über diese Person haben, dass sie nun mal nicht immer so ist, was uns dieses Gefühl der Leidenschaft vermittelt? Zugegeben, an dieser Stelle von Leidenschaft zu reden, während ich über einen solch stupiden Satz nachdenke, ist selbst für mich sehr gewagt.

Bei mir streut sich eine Erinnerung ein von dem ersten Mal, als ich Leon oral befriedigt habe. Er hatte mir dabei ganz sanft den Kopf gestreichelt und als ich wieder hochkam, um ihn zu küssen, hatte er leicht geseufzt: „Danke." Im Anschluss habe ich Stefan gefragt, ob ihm das schon mal wiederfahren wäre; ein Typ der sich nach einem Fellatio bedankt.

„Ähhh nein, halt den gut fest, den Leon!", hatte Stefan geantwortet. Stelle ich nun ein *Du wirst heute noch rangenommen* mit einem *Danke* in einen Vergleich, muss ich erneut über meine eigenen Triebe, anscheinend völlig befreit von jeglicher Vernunft, schmunzeln. Der ältere Herr scheint mein Schmunzeln bemerkt zu haben, zumindest schielt er jetzt wieder etwas verwirrt zu mir rüber. Er soll mich doch jetzt bitte mal mit meinen jungen Gedanken alleine lassen! Als ich meiner Schwester alles erzählen wollte, hatte ich vor allem eines im Sinn. *Ich will dich nicht enttäuschen. Ich will nicht, dass du schlecht von mir denkst. Ich will nicht, dass du dir Sorgen machst. Ich will, dass du mich verstehst.*

Natürlich verstand sie zu Beginn nicht. Wer hätte das auch verstanden? Aus heiterem Himmel wollte ich mich also plötzlich von Leon trennen. Ein Beziehung, in der es keinerlei Probleme gab, und das nach so einigen Beziehungen, die eigentlich immer nur aus einem Problem bestanden. Es war das einzige Mal, dass ich geweint habe in dieser ganzen Geschichte, so viel Angst hatte ich vor ihrer Reaktion. Meine Erleichterung trat somit schlagartig ein, als sie anfing zu lachen.

„Mensch, Emilia." Sie lachte laut. Herrlich. Es entsprach ja auch der Wahrheit. Eine gewisse Komik umgab die ganze Situation, fernab von gebrochenen Herzen und Vertrauen, ja nun wirklich auch. Ich erzählte ihr von der Leidenschaft, der Reibung, die zwischen mir und Keller entstanden war, und wie sie meinen kompletten Gedanken (auch meinen emanzipierten) einen Aussetzer verpasste. Ich zünde mir eine Zigarette an und sehe dem ausgeblasenen Rauch beim Verschwinden zu. Ganz schön gerissen, wie er sich einfach zwischen den Laubbäumen verflüchtigt. Der Alte räuspert sich leicht. Der soll sich mal nicht so haben, zu seiner Zeit haben doch noch alle in Flugzeugen geraucht! Mein Blick schweift über die Umgebung.

Ich bin in Hamburg, der mit Abstand schönsten Stadt der Welt, in meinem zweiten Zuhause, meinem Refugium, in dem ich immer sein kann, wer ich will. Die klapprigen Terrassenstühle halten ihre Balance auf dem schiefen Asphalt, eine rauchende Punkerin zieht an einer telefonierenden Anwältin vorbei, die Sonne scheint durch die dichten Blätter der Linden, der Kaffee schmeckt auch kalt. Hamburg halt. Die Idee von Keller ist irgendwie verblasst, vielleicht durch den räumlichen Abstand, vielleicht weil er ihn nicht mal hochgekriegt hat, vielleicht weil er letztens den *Spiegel* aufgeschlagen hat und gemeint hat „Boah Alter, da versteh ich kein Wort“ und das selbst mir zu viel des Guten war, vielleicht weil er auf der Couch zu dem Lied *Candy Shop* eingeschlafen ist, vielleicht weil er meinte, in unserem Wohnzimmer sehe es aus wie in einem Wartezimmer beim Arzt, weil wir keinen Fernseher haben. Vielleicht weil er mich nicht mehr küsst, wie er mich geküsst hatte.

Leon hat mir gestern geschrieben. *Viel Spaß in Hamburg, Emilia. Es fällt mir echt schwer, nicht an dich zu denken.* Schöne Worte, die mich ein wenig traurig gemacht haben. Nur nicht traurig genug, um etwas zu bereuen. Ein Typ geht an mir vorbei und zwinkert mir zu. Einen Tänzer habe ich kennengelernt, und danach die Entscheidung getroffen, dass ich ab jetzt wohl nur noch mit durchtrainierten Tänzern schlafen will. Meine alte Flamme hat mich besucht, mit zwei Bier in der Hand. Die Luft streift mir sanft durchs Haar, was die fünfunddreißig Grad in Hamburg immer schon erträglich gemacht hat. Ich fahre mit meinem Roller, ein Geschenk meiner Eltern zu meinem achtzehnten Geburtstag, meine Lieblingsstrecke an der Alster entlang und komme aus dem Lächeln nicht mehr raus. Das Leben ist so schön. Ich sitze hier auf dieser Terrasse in St. Pauli und schreibe diese Geschichte zu Ende und frage mich, während der alte Mann neben mir immer noch ein und dieselbe Zeitung liest, wo ich jetzt wohl stehe. Der Wind legt sich langsam auf den Dächern der Häuser nieder. Mein Zigarettenrauch verschwindet langsamer. Die vibrierende Oberfläche meines Kaffees beruhigt sich. Der alte Mann sieht mich nun wieder an.

„Es wird wohl nicht regnen", sagt er, nun in den Himmel blickend und legt seine Mütze ab. „Gut so."

Regen. Da fällt mir ein, ich hoffe, Lisa hat nicht vergessen die Zimmerpflanze zu gießen.

Ich hätte es wissen müssen

von **Michael Thode**

Leipzig, **Titelseite der Leipziger Volkszeitung**

"Fünfzehnjähriges Mädchen vermisst – Polizei bittet Bevölkerung um Mithilfe."

Leipzig (MT). Die Kriminalpolizeiinspektion Leipzig bittet um Mithilfe bei der Suche nach der vermissten Leonie S. Die Fünfzehnjährige verließ am vergangenen Freitag gegen 07:00 Uhr die elterliche Wohnung in der Limburger Straße. Nach bisherigen Ermittlungen fuhr das Mädchen von ihrem Zuhause mit dem Fahrrad zum Robert-Schumann-Gymnasium.
Wie die Aufnahmen einer Überwachungskamera zeigen, unterbrach sie ihren Schulweg zwischen 07:10 Uhr und 07:18 Uhr für einen Besuch des „REWE"-Supermarktes in der Zschocherschen Straße. Danach verliert sich ihre Spur.
Trotz umfangreicher polizeilicher Maßnahmen, wie beispielsweise die Überprüfung möglicher Kontaktpersonen der Vermissten, ist der derzeitige Aufenthaltsort von Leonie S. nicht bekannt. Die Fünfzehnjährige ist ca. 165 cm groß und hat lange, dunkelbraune Haare. Sie ist bekleidet mit einer schwarzen, langen Sporthose, einem roten „Adidas"-Pullover und weißen Turnschuhen der Marke „NIKE". Weiterhin hat sie einen schwarzen Rucksack der Marke „EASTPAK" bei sich.
Die Kriminalpolizeiinspektion Leipzig bittet um Hinweise zum Aufenthalt der Vermissten. Personen, die Leonie S. seit Freitagmorgen gesehen haben oder Angaben über ihren derzeitigen Aufenthaltsort machen können, werden gebeten, sich bei der Kriminalpolizeiinspektion in Leipzig oder bei jeder anderen Polizeidienststelle zu melden.

Leipzig, Dimitroffstraße
Kriminalpolizeiinspektion
Dienstag, 11:00 Uhr

Das Dienstgebäude der Kriminalpolizeiinspektion war so konzipiert, dass sich keine abgeschlossenen Büros an dunkle, lange Flure angliederten. Stattdessen waren die Büros mit raumhohen Glaswänden ausgestattet und um eine sogenannte Kombizone herum gebaut. Diese Anordnung hatte nicht nur den Vorteil, dass die Räume lichtdurchflutet waren, sondern sie förderte ebenso die Transparenz der Arbeitsabläufe wie die Kommunikation zwischen den Kollegen.

Im Kommissariat 11, das sich mit Straftaten gegen Leben und Gesundheit beschäftigte, war die Kombizone als Besprechungs- und Konferenzbereich eingerichtet. Hier fanden nicht nur die regelmäßigen Dienstbesprechungen statt, sondern bei Bedarf tagten hier auch die Mord- und Sonderkommissionen. An einer der Stirnseiten war ein Smartboard angebracht, mit dessen Hilfe wichtige Ermittlungsergebnisse, Tatortaufnahmen und andere relevante Dokumente für alle Anwesenden sichtbar gemacht werden konnten.

In den vergangenen zehn Minuten hatten sich hier zwei Dutzend Beamtinnen und Beamte eingefunden. Sie gehörten zur Sonderkommission „Leonie".

Um Punkt 08:00 Uhr fehlte nur noch der Leiter der Sonderkommission, Kriminalhauptkommissar Bernd Alme. Einige der Beamten drehten den Kopf immer wieder und schauten durch das Glas in Almes Büro, doch sein Ledersessel war leer.

Als Hauptkommissar Alme endlich erschien, verstummten die Gespräche schlagartig. Alme trat an den Kopf des Konferenztisches, legte einen prall gefüllten Aktenordner vor sich hin und klopfte verheißungsvoll auf den Pappdeckel. „Ich bin heute Nacht einen riesigen Schritt vorangekommen. Erinnern Sie sich an den Namen Frank Schüssler?"

Die Kommissarin Finja Kröger konnte kaum glauben, was sie gerade gehört hatte. „Frank Schüssler?", schoss es aus ihr heraus. „Was soll Schüssler mit dem verschwundenen Mädchen zu tun haben?"

Berlin,
9 Jahre zuvor

„Wir dürfen keine Zeit verlieren!", ermahnte Kommissarin Finja Kröger ihre Kollegen und klopfte energisch an die Tür.

„Ich verstehe nicht, warum so etwas ausgerechnet in meiner Schicht passieren muss!", hörte sie jemanden hinter sich murmeln. Ein Weiterer raunte: „Wir hätten heute Nachmittag schon nach Leipzig fahren sollen!"

„Das Landeskriminalamt hat die Freigabe für den Ortswechsel erst jetzt erteilt", erwiderte Finja Kröger knapp und stieß die Tür auf. Dann betraten die Polizeibeamten den Raum, in dem sie Frank Schüssler einige Tage zuvor provisorisch untergebracht hatten. Auf dem Linoleumboden lag eine Matratze, links waren an der Wand mehrere Umzugskartons abgestellt, rechts zeugten ein Campingtisch und eine Kühltasche davon, dass der Aufenthalt nicht von Dauer sein sollte.

In der Mitte des Raumes saß Frank Schüssler auf einem Klappstuhl. Er hatte den Rücken zur Tür gewandt und hielt den Controller einer Playstation in den Händen. Er hatte Kopfhörer aufgesetzt und bewegte seinen Oberkörper ruckartig hin und her. Auf dem Bildschirm war zu sehen, wie mehrere Soldaten eine zerstörte Stadt im Laufschritt durchkämmten. Sie feuerten fortwährend mit ihren Waffen. Jeder Treffer wurde mit großen Mengen Blut quittiert.

Finja Kröger verteilte die Aufgaben: „Klaus, Du nimmst einen der Pappkartons und verstaust die Playstation samt Kabeln. Tim, Du nimmst den Campingtisch und den Klappstuhl. Ich trage die Kühltasche. Den Bildschirm kann Schüssler selbst zu den Autos schleppen. Der Rest bleibt erst einmal hier. Die Kollegen können das Zeugs später nach Leipzig bringen."

„Und was soll ich machen?", fragte Polizeimeister Kai Wessling. Er war der jüngste Beamte im Team.

„Du sprichst mit Schüssler. Du kommst am besten mit ihm klar."

Wessling nickte, durchquerte den Raum und baute sich so vor Schüssler auf, dass dieser nicht mehr auf den Bildschirm sehen konnte. „Herr Schüssler?"

„Verpiss dich!", brüllte Schüssler. „Noch zehn Minuten, dann habe ich den Prestige-Rang!"

„Wir müssen jetzt leider Ihre Sachen packen! Die Zeit drängt!" Ohne Schüsslers Reaktion abzuwarten, ging Wessling zum Bildschirm und trennte die Verbindung zur Playstation.

„Du blödes Bullenschwein!", schrie Schüssler und sprang auf. Er riss sich die Kopfhörer von den Ohren und schmetterte sie gegen die Wand. „Verdammtes Dreckspack!"

Daraufhin nickte Wessling seinen Kollegen zu: „Wir wären dann soweit."

Leipzig, Dimitroffstraße
Kriminalpolizeiinspektion
Dienstag, 11:05 Uhr

„Wie kommen Sie ausgerechnet auf Frank Schüssler?", wollte Kommissarin Finja Kröger wissen. Ihre Verblüffung war nicht zu überhören.

Hauptkommissar Bernd Alme setzte sich, schaltete seinen Laptop an und rief eine Powerpoint-Präsentation auf. Nur wenige Augenblicke später erschienen die Bilder zweier junger Frauen auf dem Smartboard.

„Links sehen Sie eine Aufnahme von Susann Meissner. Sie war Frank Schüsslers erstes Opfer. Im Jahr 1985 wurde er wegen Vergewaltigung und Totschlags zu 13 Jahren Haft mit anschließender Sicherheitsverwahrung verurteilt. Rechts sehen Sie die vermisste Leonie Schenk."

Ein Raunen ging durch den Besprechungsraum.

Finja Kröger war die einzige, die vehement den Kopf schüttelte. „Die Ähnlichkeit der beiden ist zwar verblüffend, trotzdem kann ich mir nicht vorstellen, dass Frank Schüssler etwas mit Leonies Verschwinden zu tun hat."

Autobahn A 9 zwischen Berlin und Leipzig, 9 Jahre zuvor

„Ich mag Leipzig sehr", sagte Kommissarin Finja Kröger, während sie den Dienstwagen über die Autobahn lenkte. Mit einem Lächeln blickte sie hinüber zu Polizeimeister Kai Wessling und zeigte dabei auf ein Verkehrsschild, das gerade an ihnen vorbeizog: Herzlich willkommen in Sachsen.

„Ich auch", erwiderte Wessling. „Aber unter diesen Umständen hätte ich gut auf einen Besuch verzichten können. Wir wechseln unseren Aufenthaltsort mittlerweile zum fünften Mal innerhalb kürzester Zeit."

Finja Kröger nickte. „Die Presse ist uns ständig auf den Fersen. Je länger das Versteckspiel dauert, desto schwieriger wird es."

Wessling seufzte und drehte sich um. Er blickte Frank Schüssler an, der auf der Rückbank saß. „Waren Sie schon einmal in Leipzig?"

Keine Reaktion.

„Kennen Sie das Völkerschlachtdenkmal?“

Wiederum keine Reaktion.

„Von der Aussichtsplattform hat man einen großartigen Blick auf die Stadt und das Umland.“

Schüssler blickte Wessling für einen kurzen Moment an: „Nur zehn Minuten. Dann hätte ich den Prestige-Rang erreicht.“

„Und im Café Kandler gibt es ein sensationelles Kuchenbuffet“, ergänzte Finja Kröger.

„Meine Kopfhörer sind kaputt“, erwiderte Schüssler.

Wessling drehte sich wieder nach vorne. „Wann kommen die Kollegen, um uns abzulösen?“

„Erst einmal müssen die übrigen Einsatzkräfte von Berlin nach Leipzig verlegt werden“, antwortete Finja Kröger. „Ich denke, dass wir morgen Abend wieder in den normalen Schichtdienst zurückkehren werden.“

„Weißt du, worauf ich mich am meisten freue?“

Sie schüttelte den Kopf. „Keine Ahnung.“

„Die Leipziger Lerchen.“

Leipzig, Dimitroffstraße
Kriminalpolizeiinspektion
Dienstag, 11:10 Uhr

Hauptkommissar Bernd Alme zog die Augenbrauen zusammen und fixierte Finja Kröger. „Wie kommen Sie zu dieser Annahme?“

„Ein Bauchgefühl“, erwiderte sie. „Ich habe ihn nach der Entlassung mehrere Monate begleitet und kann mir beim besten Willen nicht vorstellen, dass Schüssler seine Tat wiederholt.“

„Ein Bauchgefühl“, murmelte Alme und blickte noch einmal auf die Fotos. „Ich erinnere mich, dass Schüssler sich mit Händen und Füßen gegen seine Entlassung gewehrt hat. In den Akten wird er wie folgt zitiert: *Ich bin schneller zurück, als ihr Bullenschweine denkt. Notfalls schlachte ich wieder jemanden ab!*“

Finja Kröger runzelte die Stirn. „Die Äußerung ist darauf zurückzuführen, dass seine Impulskontrolle sehr eingeschränkt ist.“

„Soso“, kommentierte Alme, „eine eingeschränkte Impulskontrolle.“ Die Ironie, die in seiner Stimme mitschwang, war ungewohnt deutlich.

Ein verhaltenes Gelächter ging durch den Besprechungsraum.

„Also … ich meine … rein verbal“, versuchte Finja Kröger zu erklären.

„Sie werden verstehen, dass ich mich in diesem Fall nicht auf Ihr Bauchgefühl verlassen möchte.“

Sie seufzte.

„Ich denke, Sie sind am allerbesten geeignet, Verbindung mit ihm aufzunehmen“, sagte Alme.

Leipzig, Innenstadt,
9 Jahre zuvor

Frank Schüssler hatte sich in einem Elektrogeschäft neue Kopfhörer ausgesucht und drückte sie der Kassiererin wortlos in die Hand.

„Bar oder Karte?“, wollte sie von ihm wissen.

Wortlos zog er sein Portemonnaie aus der Gesäßtasche und nahm eine Girocard heraus. Zuerst studierte er das Kartenlesegerät ganz genau, dann führte er die Girocard umständlich in das Gerät ein.

Die Kassiererin schüttelte daraufhin den Kopf. „Magnetstreifen unten links. Dann die PIN und mit grün bestätigen.“

Schüssler trat einen Schritt zur Seite. Hilfesuchend blickte er sich zu Finja Kröger und Kai Wessling um, die jeden seiner Schritte beobachteten. Die beiden Beamten kamen zur Kasse, und Wessling zeigte auf das Kartenlesegerät: „Wenn Sie sich den Aufkleber genau ansehen, können Sie erkennen, wie die Karte eingesteckt werden muss. Bei diesem Gerät mit dem Magnetstreifen unten links. Mit der PIN meint die Dame Ihre Geheimzahl. Erinnern Sie sich an die vier Zahlen?“

„3-7-5-9“, erwiderte Schüssler und nickte. Dann führte er die Plastikkarte korrekt in das Gerät ein und bediente das Zahlenfeld.

„Jetzt müssen Sie die Eingabe mit dem grünen Knopf bestätigen.“

„Das ist alles eine neumodische Scheiße hier! Ihr Vollidioten hättet mich einfach dort lassen sollen, wo ich hingehöre!“

Leipzig, Dimitroffstraße
Kriminalpolizeiinspektion
Dienstag, 11:15 Uhr

Die Dienstbesprechung war beendet. Finja Kröger saß in ihrem Büro und wählte die Nummer von Frank Schüssler.

Er nahm das Gespräch sofort an.

„Herr Schüssler, können wir uns treffen?“

„Wann?“

„Jetzt.“

„Wo?“

„Wie immer?“

„Ja, ist okay.“

Kurz nachdem Finja Kröger das Gespräch beendet hatte, klopfte ein Kollege an ihre Tür. Sie bat ihn herein, und er stellte sich als Beamter des Spezialeinsatzkommandos vor. Er hatte den Auftrag, sie zu begleiten und für ihre Sicherheit zu sorgen.

„Ich hätte gern ein paar Informationen, mit wem ich es zu tun habe", sagte der SEK-Beamte, während Finja Kröger ihre Lederjacke anzog.

„Frank Schüssler ist 1985 wegen Vergewaltigung und Totschlags zu einer dreizehnjährigen Freiheitsstrafe mit anschließender Sicherheitsverwahrung verurteilt worden. Während der Haft und der anschließenden Sicherheitsverwahrung hat er jede Form von Therapie verweigert. Daher ist die Sicherheitsverwahrung mehrmals unbefristet verlängert worden. Im Jahr 2011 hat der Europäische Gerichtshof für Menschenrechte die unbefristete Verlängerung der Sicherungsverwahrung für rechtswidrig erklärt. Daher musste Schüssler aus der Justizvollzugsanstalt entlassen werden. Er selbst wollte gar nicht zurück in die Freiheit."

„Man hat ihn sozusagen rausgeschmissen?"

„Er hat damals um eine Vorbereitungszeit gebeten, um sich überhaupt wieder an ein Leben in Freiheit gewöhnen zu können. Selbst das wurde abgelehnt."

„Ich habe gehört, dass Sie noch immer eine Verbindung zu ihm haben?"

„Wir haben Frank Schüssler ein halbes Jahr lang mit zwei Dutzend Polizeibeamten jeweils in Vierer-Teams rund um die Uhr bewacht. Das Landeskriminalamt ging damals davon aus, dass er eine tickende Zeitbombe ist. Schlussendlich war er ein gebrochener Mann, und wir mussten ihn vor der Presse und der Gesellschaft schützen. Wir haben ihm geholfen, zumindest ein wenig in ein geregeltes Leben zurückzufinden. Ich treffe ihn noch heute ein bis zwei Mal pro Jahr."

„Ist er in Leipzig geblieben?" Finja Kröger nickte. „Ja, er hat bis heute kaum soziale Kontakte. Es gibt nur einen Hund, der ihn seit vielen Jahren begleitet. Ich unterstütze ihn gelegentlich bei Behördengängen."

„Glauben Sie, dass er mit dem aktuellen Fall zu tun hat?" Sie schüttelte den Kopf vehement. „Nein, außerdem möchte ich allein mit ihm sprechen. Ich bin der einzige Mensch, zu dem er überhaupt Vertrauen hat. Das möchte ich nicht aufs Spiel setzen."

Leipzig, Thomaskirchhof
Café Kandler
Dienstag, 11:45 Uhr

Finja Kröger betrat das Café. Sie erkannte Frank Schüssler sofort. Mit dem schütteren Haar, den eingefallenen Wangen und dem rotkarierten Holzfällerhemd sah er immer noch genauso aus wie früher.

Sein Schicksal fesselte sie bis zum heutigen Tag, und gelegentlich trafen sie sich hier auf einen Kaffee. Dieser Ort stand symbolisch für die damalige Zeit, und sie unterstützte ihn bis heute bei Herausforderungen, die er nicht allein lösen konnte. So hatte sie beispielsweise dafür gesorgt, dass er Arbeitslosengeld bezog und in einer Sozialwohnung lebte.

Finja Kröger ging zu Schüsslers Tisch, begrüßte ihn und kniete sich zu seinem Hund hinunter. „Hallo Timmy", sagte sie zu dem Border Collie und streichelte über das warme Fell. Dann blickte sie Schüssler an. „Wie geht es Ihnen beiden?" Sie erwartete keine ausschweifende Antwort, denn 27 Jahre Haft hatten aus Schüssler einen wortkargen Mann gemacht. Daran hatten auch die vergangenen neun Jahre in Freiheit nichts geändert.

„Okay."

Einige Tische weiter saß der SEK-Beamte. Er hatte das Café bereits vor zehn Minuten betreten und gab sich den Anschein, er sei mit seinem Handy beschäftigt.

„Möchten Sie einen Kaffee?", fragte Finja Kröger, während sie sich setzte.

Schüssler nickte.

Finja Kröger hatte sich während der Autofahrt den Kopf zerbrochen, wie sie das Gespräch auf das vermisste Mädchen lenken sollte. Auf der einen Seite wollte sie das Vertrauensverhältnis zu Schüssler nicht gefährden, auf der anderen Seite wollte sie unbedingt einen Weg finden, ihn als Täter auszuschließen.

Noch ahnte sie nicht, dass dieses Treffen völlig anders verlaufen sollte, als sie in diesem Moment annahm.

Leipzig, Dimitroffstraße
Kriminalpolizeiinspektion
Dienstag, 11:45 Uhr

Zur gleichen Zeit wurde Kriminalhauptkommissar Bernd Alme vom Klingeln des Telefons aus seinen Gedanken gerissen. Er blickte von der Akte auf, die vor ihm auf dem Schreibtisch lag, und sah auf das Telefon.

Führungs- und Lagezentrum, las er im Display.

Das Führungs- und Lagezentrum stellte die Leitstelle der Polizeidirektion Leipzig dar. Hier liefen alle Notrufe und Informationen zusammen. Egal ob Notarzt, Rettungswagen, Feuerwehr oder Polizei – die Kollegen der Leitstelle stellten die Kommunikation zwischen allen beteiligten Einsatzkräften sicher und sorgten somit für einen reibungslosen Ablauf.

„Scheiße", murmelte Alme. In der Regel bedeuteten diese Anrufe, dass Arbeit auf ihn wartete.

„Ja?"

„Ich rufe an wegen der vermissten Fünfzehnjährigen. Sie ist wieder da."

Alme ließ sich in seinen Stuhl zurückfallen und atmete tief durch. „Sie wurde am Bahnhof in Berlin aufgegriffen. Anscheinend hat sie sich dort ein paar schöne Tage gemacht."

Alme fiel ein Stein vom Herzen. Zuerst genoss er seine Erleichterung für ein paar Momente, dann beauftragte er einen Beamten der Sonderkommission, Verbindung mit Leonies Eltern aufzunehmen. Schließlich schickte er eine WhatsApp an die Kommissarin Finja Kröger.

Abbruch. Das Mädchen ist gefunden.

Leipzig, Thomaskirchhof
Café Kandler
Dienstag, 11:50 Uhr

Finja Kröger gab die Bestellung auf und bemühte sich, ein Gespräch mit Schüssler in Gang zu bringen. Wie üblich beantwortete er sämtliche Fragen lediglich mit „ja" oder „nein". Die Kommissarin wusste, dass sie ihn bald mit dem eigentlichen Grund dieses Treffens konfrontieren musste.

Die Kellnerin servierte gerade zwei Tassen Kaffee und die Leipziger Lerchen, als Finja Krögers Smartphone in ihrer Hosentasche vibrierte. Sie ignorierte es, denn sie selbst hätte es als unhöflich empfunden, wenn ihr Gegenüber sich während eines Gespräches mit seinem Handy beschäftigen würde.

Sie nahm einen Schluck Kaffee, setzte die Tasse ab und sagte: „Wir suchen ein Mädchen, das seit letztem Freitag vermisst wird."

Schüssler kaute das Gebäck voller Genuss und antwortete mit vollem Mund. „Ich weiß."

Instinktiv warf die Kommissarin dem SEK-Beamten einen Blick zu.

Schüssler bemerkte nicht nur dies, sondern er nahm auch das winzige Nicken wahr, mit dem der SEK-Beamte Finja Krögers Verbindungsaufnahme quittierte.

Prompt geriet die Situation außer Kontrolle.

Schüssler schmetterte die Kaffeetassen und die Kuchenteller vom Tisch. Er sprang auf und schrie. „Du bist genauso wie alle anderen Bullenschweine! Ich hätte es wissen müssen!“

Im nächsten Moment war der SEK-Beamte zur Stelle. Er stieß Schüssler zu Boden und fixierte ihn mit seinen Knien.

Schüssler blutete aus der Nase. „Dreckspack!“, schrie er. „Lass mich los!“

Finja Kröger zückte ihr Smartphone, um weitere Kollegen zu Hilfe zu rufen. Sie blickte aufs Display – und es traf sie wie ein Schlag.

Zunächst schien es, als sei sie zu Eis erstarrt, dann murmelte sie: „Abbruch.“

Der SEK-Beamte meinte, er hätte sich verhört. „Wie bitte?“

„Loslassen“, erwiderte sie bestürzt. „Bitte loslassen!“

Ich, dein Körper

von **Elifcan Ünal**

Aurelia war am Boden zerstört. Der Kampf gegen sich selbst und das Streben nach Perfektion hatten sie völlig ruiniert. Seit Jahren, ja, seit ihrer Kindheit, versuchte sie allem und jedem gerecht zu werden und perfekt zu sein.

Perfekte Leistungen in der Schule, die perfekte Tochter zu Hause und natürlich das perfekte Aussehen. Doch Letzteres wollte ihr nicht gelingen.

Als Kind war Aurelia ein wenig pummelig gewesen. Immer wenn ihre Eltern mal nicht zu Hause waren, hatte sie alles an Süßigkeiten in sich reingestopft, was ihr in die Quere kam. Irgendein Hunger in ihr wollte gestillt werden. Es war nicht der körperliche Hunger. Es war nicht ihr Magen, der knurrte, sondern etwas anderes.

Auch die Sommerurlaube in der elterlichen Heimat Sardinien hatten tiefe Narben in ihr hinterlassen. Ihre Verwandten nannten sie immer *Cicciottella,* was auf Italienisch so viel wie „Dickerchen" bedeutete. Offenbar meinten sie, dass ihr das nichts ausmachen würde. Sie glaubten, dass sie das schon verkraften könnte, schließlich war es ja nur liebevoll gemeint.

Dass dieser ach-so-liebevoll gemeinte Kosename nichts daran änderte, dass sie den Körper eines jungen Mädchens obszön bewerteten und dass das Innerste des Mädchens dadurch verletzt wurde, schien niemand wahrzunehmen.

Aurelia hasste es. Sie konnte die Schönheit Sardiniens nie in vollen Zügen genießen. Wenn sie mit der gesamten Familie an den Strand fuhren und ihr Körper im Badeanzug sichtbarer war als in der Sommerkleidung, fühlte sie sich immer sehr ausgeliefert.

„Aurelia, la mia bella Cicciottella, denkst du nicht, dass es besser wäre, ein wenig abzunehmen? So wirst du, wenn du groß bist, niemals einen Mann finden, der dich heiraten will." Dies war der Standardsatz ihrer Großmutter Maddalena gewesen. All diese Bemerkungen hatten die kleine Aurelia so tief geprägt, dass sie heute mit 33 Jahren immer noch unter den Komplexen litt. Sie empfand sich als nicht schön genug, nicht gut genug – einfach nicht perfekt genug.

Ihr Leben lang, von klein auf, hatte sie danach gestrebt, einen Traumkörper zu bekommen. Ihr innigster Racheplan war es nach jedem Sommerurlaub, bis zum nächsten Sommer einen schlanken, durchtrainierten Körper zu haben und diesen der Familie stolz zu präsentieren. Doch nie schaffte sie es. Sie schrieb Diätpläne, nahm sich vor, mehr Sport zu machen, doch sie scheiterte bei jedem Versuch. Aurelia lehnte ihren Körper ab, nur weil dieser anders war als die der Models in den Bikini-Katalogen. Sehnsüchtig betrachtete sie bereits als Teenie all diese Bilder von perfekten, flachen Bäuchen und knackigen, runden Hintern. Je mehr sie diese Körper betrachtete, desto mehr verlor sie den Blick und auch das Gefühl für ihren eigenen Körper.

Aurelias Teeniezeit war zudem von vielen Tagebucheinträgen darüber, dass sie zu dick war und wie sie dieses Problem beheben könnte, geprägt. Ständig verglich sie sich mit anderen Mädchen in ihrem Alter und war verzweifelt. In der Schule wurde sie nicht oft gehänselt. Aber die paar Male, die sie gehänselt wurde, hatten sich tief in ihr verankert. Die Verletzungen, die sie von damals in sich trug, heilten nie. Aurelia dachte immer, dass die Heilung durch eine körperliche Transformation geschehen würde. Wenn sie eines Tages rank und schlank war, dann würde sie sich selbst endlich lieben und wäre glücklich. Das war der Plan.

Bis zum Abitur holte sie sich die Bestätigung, gut genug zu sein, durch ihre sehr guten Noten. Sie lernte viel und half ihrer Mutter im Haushalt. Nicht, weil sie viel Zeit hatte. Nein, weil sie einfach die Last ihrer Mutter verringern wollte. So nahm sie diese Last auf ihre kleinen Kinderschultern und gab stets ihr Bestes. Ihr Bestes, um anderen zu gefallen. Ihr Bestes, um es anderen recht zu machen. Ihr Bestes, um die

Anerkennung anderer Menschen zu erhalten. Ihr Bestes, um perfekt zu sein eben.

Das wahnhafte Streben nach Perfektion lief so unbewusst ab, dass sie es nie bemerkte. Sie hatte sich von ihrem Selbst entfernt und war Opfer des Perfektionismus geworden. Ihr einziger Lebenssinn war es, zu leisten und zu funktionieren.

Bis zu diesem Montagmorgen.

Aurelia kam gerade aus der Dusche und betrachtete wieder einmal kritisch ihren nackten Körper im Spiegel. Die Selbstablehnungs-Zeremonie konnte beginnen! Sie fasste sich an die Hüfte und fand, dass sie schlanker sein müsste, um perfekt zu sein. Auch der Bauch sollte eigentlich flacher und der Po runder sein. Ihre Brüste betrachtete sie nicht einmal mehr – hier konnte vermutlich nur noch ein Schönheitschirurg nachhelfen.

Aurelias Spiegelbild schaute traurig und verzweifelt. Es senkte den Kopf und schlug beide Hände vor das Gesicht, um der Konfrontation mit ihrem Körper aus dem Weg zu gehen.

Plötzlich ertönte eine leise, sanfte Stimme: „Aurelia …“ Aurelia erschrak heftig und zuckte zusammen. Ihr Herz begann wie wild zu klopfen und sie stand da wie gelähmt, während ihre Gedanken hellwach waren. Was war hier los?

Sie wusste, dass sich außer ihr niemand in der Wohnung befand, und sie erwartete auch niemanden. Bei diesem Gedanken beruhigte sie sich etwas und die Anspannung ließ nach. Anscheinend hatte ihre Fantasie ihr einen Streich gespielt. Wahrscheinlich war sie einfach überarbeitet und brauchte dringend Urlaub. Sie beschloss, nicht weiter darüber nachzudenken und sich anzuziehen. Da! – Da war sie schon wieder! Die Stimme gab nicht nach. Nun fragte sie sanft und leise: „Was schaust du mich so an? Gefalle ich dir etwa nicht?“

Aurelia bekam es mit der Angst zu tun. Nur Verrückte hörten doch Stimmen? Verlor sie etwa den Verstand? Ihr Spiegelbild schaute verwirrt nach links und nach rechts. Niemand da. Es schüttelte mit geschlossenen Augen den Kopf, als wollte es sich selbst aus dieser vermeintlichen Einbildung wachrütteln. Dann machte Aurelia die Augen wieder auf, in der Hoffnung, dass der Spuk vorüber sein möge.

Doch da hörte sie wieder dieselbe Stimme: „Was schaust du mich so an? Gefalle ich dir etwa nicht?"

Aurelia wusste sich nicht mehr zu helfen. Vielleicht bin ich ja wirklich verrückt geworden, dachte sie. Sie beschloss, es darauf ankommen zu lassen.

„Wer … wer bist du?", stammelte Aurelia vorsichtig.

„Endlich", antwortete die Stimme. „Endlich schenkst du mir Gehör. Ich bin dein Körper."

Aurelia stand noch immer da wie vom Donner gerührt. Nur langsam begann sie zu begreifen, warum sie niemanden sehen konnte und dennoch diese Stimme vernahm. Es war allen Ernstes ihr Körper, der zu ihr sprach! Ihr Körper, mit dem sie nicht konfrontiert werden wollte. Doch jetzt konnte sie ihm nicht mehr entfliehen. Er hatte seine Stimme erhoben!

„Ich höre jeden Gedanken, den du denkst, Aurelia. Und einige dieser Gedanken sind ziemlich angriffslustig. Sie lehnen mich ab. Sie erkennen meinen Wert nicht an. Sie wertschätzen mich nicht. Im Gegenteil: Sie meckern über mich. Sie sagen gemeine Dinge zu mir. Ich vernehme jeden Gedanken, der in deinem Geist vorbeizieht. Und weißt du was? Diese Gedanken sind ziemlich verletzend. Sie verabscheuen mich.

Du glaubst, du hast nur mich als Körper. Aber wir sind drei. Neben mir, dem sichtbaren Körper, den du so verabscheust, sind da noch der *mentale* und der *emotionale* Körper. Und wenn der mentale Körper ständig Gedanken nachgeht, die mir nicht wohlgesinnt sind, reagiert der emotionale Körper darauf. Er erzeugt blockierende, traurige Gefühle. Und diese Gefühle widerspiegeln sich in mir, deinem physischen, sichtbaren Körper. Mein Auftrag ist es nicht, dem perfekten Ideal einer Gesellschaft zu entsprechen, sondern dir, dem Selbst, das du bist, zu ermöglichen, mit der Welt zu interagieren. Ich bin ein *Wunder*werk, Aurelia und kein *Kunst*werk, das in einem Museum ausgestellt wird und darauf wartet, von anderen Menschen betrachtet und bewundert zu werden."

Wow! Damit hatte Aurelia nicht gerechnet. Dass ihr Körper zu ihr sprach. Bisher dachte sie immer, dass sie ihr Körper sei. Und vor allem aber, dass sie nur einen einzigen Körper hatte. Jetzt waren es auch noch drei! Sie hatte zwar oft darüber gelesen, dass der physische Körper ihr Tempel war und dass ihr Ich in diesem Tempel wohnte. Doch das, was gerade vor sich ging, war eine Premiere für sie.

Bisher dachte sie, dass das Bild, das sie in den Spiegel projizierte, sie – Aurelia – sei.

„Ja, ich weiß, du denkst, ich bin du", unterbrach ihr Körper ihre Gedanken. Er hörte ja tatsächlich alles, was sie dachte!

„Weißt du, wie anstrengend das für mich ist?", fragte ihr Körper. „Ich stehe 24 Stunden in deinem Dienst. Sieben Tage die Woche. Jeden einzelnen Tag und jede einzelne Nacht. Sogar während du schläfst und aktiv nichts mehr tun musst, arbeite ich für dich.

Durch mich siehst du die Welt. Durch mich hörst du die Welt. Durch mich kannst du sie anfassen, riechen und schmecken. Ich biete dir zwei gesunde Augen und Ohren, eine Nase, einen Mund. Ich stelle dir zwei Hände zur Verfügung, mit denen du deine Liebsten umarmen oder ein leckeres Essen zubereiten kannst. Mit meinen Beinen kannst du einen schönen Waldspaziergang machen oder aber auch Fahrrad fahren. Ich ermögliche dir, Berge zu erklimmen. Durch mich bist du fähig, dich in dieser Welt zum Ausdruck zu bringen. Dich zu zeigen. Deine inspirierenden Ideen mit der Welt zu teilen. Du bist nicht ich, Aurelia. Du *hast* mich. Leider spüre ich auch, du *hasst* mich. Und das macht mich sehr traurig."

Aurelia bekam eine Gänsehaut. Sie war erstaunt. Und sprachlos.

„Siehst du, selbst diese Gänsehaut schenke ich dir in Momenten, in denen Worte, Bilder, Geräusche oder Berührungen tief in dir ankommen. Oder wenn dir kalt ist. Dann spreche ich zu dir. Ich sage: ‚Zieh dir was Warmes an – ich bin kalt.'

Deine wahre Schönheit liegt in deinem Inneren verborgen, Aurelia. Deine wahre Schönheit bin nicht ich. Diese in dir wohnende Schönheit kannst nur du zum Leben erwecken. Dies gelingt dir, wenn du beginnst, dich langsam aber sicher daran zu erinnern, wer du wirklich bist.

Es ist kein Zufall, dass du hier und jetzt existierst. Deine Aufgabe ist es, deine innere Schönheit und deine Einzigartigkeit wiederzuentdecken und sie durch mich zum Ausdruck zu bringen.

Wenn du beginnst, dich von innen heraus zu lieben. Wenn du beginnst, das vermeintlich Perfekte als Illusion zu erkennen. Sag's mir, Aurelia – was bitte schön ist denn perfekt? Ist perfekt nicht einfach nur eine Vorgabe der Gesellschaft, in der du lebst?"

Aurelia bekam immer noch kein einziges Wort heraus. Der Schock saß einfach viel zu tief. Auf der einen Seite konnte sie es nicht fassen, was hier gerade vor sich ging. Auf der anderen Seite erkannte sie nun, wie sie ihrem Körper jahrelang Unrecht getan hatte. Nie hatte sie ihn wertgeschätzt. Nie hatte sie ihm dafür gedankt, dass er alles für sie tat. Und das, obwohl er nur Ablehnung und Fast Food von ihr bekam.

„Ich, dein Körper, bin so, wie ich bin. Deine Aufgabe ist es, mich so zu lieben, zu umarmen und zu streicheln, wie ich bin. *Annahme* lautet das

Credo. Nimm mich an. So wie ich bin. Lass uns Hand in Hand gehen – auf unsere selbstbestimmten Ideale zu. Lass die fremdbestimmten Ideale los und uns unsere eigene Geschichte schreiben. Lass uns durch dick und dünn gehen. Gemeinsam und in Liebe.

Nur wenn ich mich von dir geliebt, angenommen und respektiert fühle, kann ich in meiner vollen Pracht erblühen. Ich kann strahlen und beweglich sein. Ich kann mich entspannen, aber auch über meine Grenzen hinaus Leistung erbringen.

Aber du musst mich achten. Die Verantwortung für mich übernehmen. Bewusst und in meinem Interesse handeln. Frag mich das nächste Mal doch einfach, ob ich am dritten Abend in Folge noch mal die Pizza, die du bestellt hast, in mich aufnehmen will.

Glaub mir, es ist ganz schön viel Arbeit, so 'ne Pizza zu verarbeiten. Vor allem, wenn du sie so spät am Abend verdrückst. Dann kann ich, während du schläfst, nicht regenerieren, weil ich erst mal die Pizza verdauen muss.

Ständig mache ich Überstunden, Aurelia. Weil du mit dem Überessen deine Sehnsucht nach Nähe, Liebe und Akzeptanz zu kompensieren versuchst.

Vergeblich.

Beginne doch bitte, dir diese Nähe, Liebe und Akzeptanz selbst zu geben. Und fang an, dies auf neuen Wegen zu tun.

Du darfst gerne eine Runde raus, um frische Luft zu schnappen. Das tut mir sehr gut. Du darfst dich 'ne Weile hinlegen und ausruhen, wenn du magst. Häufig deutest du meine Erschöpfung als Hunger oder Appetit. In Wirklichkeit möchte ich nur ein wenig entspannen. All die Muskeln, Organe und Zellen, die unter meiner Obhut stehen, möchten ein wenig ruhen. Und nicht noch mehr Futter verarbeiten müssen.

Frag mich ab sofort jedes Mal: ‚Was möchtest du, dass ich esse?' Lausche ganz genau hin. Wenn du in meinem Interesse handelst, dann wirst du das Richtige wählen. Für mich, für dich, für unser Leben." Plötzlich begriff Aurelia, was sie über all die Jahre hinweg nicht begriffen hatte. Sie war nicht auf dieser Welt, um perfekt zu sein. Nein, sie war hier, um ihr Selbst zu entdecken, zu lieben und vollkommen zum Ausdruck zu bringen.

„Ja, richtig, Aurelia. Endlich hast du es verstanden. Ich, dein Körper, bin dein allerbester Freund. Ich trage dich. Du bist das Selbst, das mir innewohnt. Und ich bin dein Körper. Dein Instrument. Ich trage dich durch dein Leben. Ich verwirkliche die Ideen, die deinem Geist entstammen. Du bist du, Aurelia. Und ich bin ich. Dein Wunsch ist mir Befehl. Ich gebe alles, um dorthin zu gelangen, wo du hin möchtest. Und es ist an dir, dem Selbst, dass wir dorthin gelangen, wo du hin möchtest." Aurelia betrachtete ihr Spiegelbild. Tränen liefen ihr über beide Wangen. Tränen der Erleichterung.

Tränen der Freiheit.

Tränen der Dankbarkeit.

Tränen der Erkenntnis.

Tränen des Loslassens von Perfektion – einer Illusion, die nicht existierte. Endlich hatte sie es begriffen. Aurelias Spiegelbild, welches vorhin traurig und verzweifelt schaute, weinte nun. Doch es war alles andere als traurig. Es legte die Arme um sich und streichelte ganz liebevoll und zärtlich über die Haut, welches das größte Organ war, das Aurelia hatte und welches ihr ein Zuhause bot.

„Es tut mir leid, mein Körper. Bitte vergib mir", sprach Aurelia.

„Ich vergebe dir. Ich liebe dich", antwortete das Wunderwerk, das ihr dieses Leben ermöglichte.

„Und ich liebe dich", sagte Aurelia aus vollem Herzen. So viel Liebe und Verbundenheit hatte sie noch nie in ihrem ganzen Leben gespürt.

„Sie war hier,
um ihr Selbst zu
entdecken, zu lieben
und vollkommen
zum Ausdruck
zu bringen."

Wie ein Vogel im Wind

von **Jennifer Böhm**

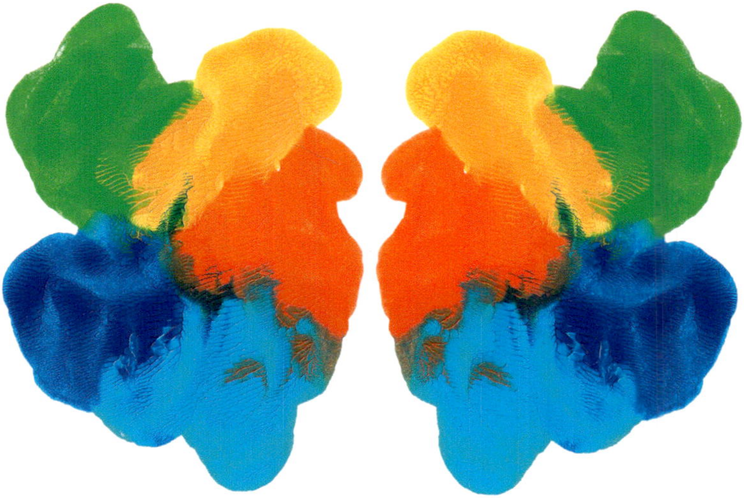

Der erste Sonnenstrahl blitzte durch das Fenster. Ich lag wach in meinem Bett, starrte an die Decke. Schon seit einer ganzen Weile. Das ging an jedem Schultag so. Ohne Ausnahme. Musik von Mok Saib schallte aus meinen Kopfhörern. Ein winziges Stück Zuhause, das mich hierher an diesen trostlosen Ort begleitet hatte. Seine Lieder halfen mir, meine Gedanken zu ordnen. Durch diese Klänge fühlte ich mich frei.
Das Klingeln des Weckers riss mich aus meiner Gedankenblase. Die Erinnerung an mein altes Leben zerbrach in tausend Scherben. Montag. Eine neue Woche, ein weiterer Tag in diesem Alptraum. Schon beim Gedanken daran, heute wieder meine Klasse zu betreten, drehte sich mir der Magen um. Alles, wovon ich am Wochenende verschont geblieben war, würde wieder von vorne beginnen. Die Hänseleien. Die dummen Sprüche und Kommentare. Die geistigen Qualen. Tagein, tagaus das Gleiche. Es würde sich nie ändern. Ich war ihr Lieblingsopfer.
Mein Handy vibrierte, eine Nachricht trudelte ein. Von Julia:

„Hey Süße! Ich fühle mich nicht gut, mir ist kotzübel. Meine Mutter meint, ich soll heute im Bett bleiben. Deswegen kann ich heute nicht mit dir zur Schule gehen. Tut mir leid. Aber du schaffst das. Du bist stark wie eine Löwin. Ich hab dich lieb!“

Oh nein … Das wurde ja immer schlimmer … Meine beste Freundin Julia war meine Stütze im Schulalltag, ohne sie war ich verloren. Seit ich vor drei Jahren hierhergezogen war, bot sie mir Halt und wich nicht von meiner Seite. Mein Licht in den dunkelsten Zeiten. Es stimmte mich traurig, dass es ihr nicht gut ging. Noch mehr allerdings beunruhigte mich die Tatsache, dass ich den Unterricht ohne sie durchstehen musste.

„Oh Sweety, das tut mir so leid für dich! Ich wünsche dir gute Besserung, fühl dich gedrückt. Ich werde es schon überleben … Hab dich auch lieb!“

Ich schloss die Eingangstür hinter mir ab, als ich das Haus verließ. Meine Eltern waren bereits in der Arbeit und Kenan, mein Bruder, war gestern Abend schon zurück nach Wien gefahren. Sein Uni-Kurs startete heute besonders früh am Morgen. Und ich stand nur alleine hier. Ohne Julia an meiner Seite, wie es sonst der Fall war. Für mich lag der schwerste Weg vor mir, den ich bisher gehen musste.

Es fiel mir leichter, Algerien, und somit meine Heimatstadt Algier mit all meinen Freunden und Verwandten hinter mir zu lassen, als jetzt in die Schule zu gehen. Meinem Vater wurde damals ein Job hier in Österreich in einem Krankenhaus angeboten und es musste eine Entscheidung getroffen werden. Natürlich entschied er sich dafür. Die Arbeitsbedingungen und die Bezahlung waren weitaus besser als in Algier. Mein Bruder schrieb sich daraufhin an der Universität Wien ein, um dort das Jura-Studium zu beginnen. Er schien sich darauf gefreut zu haben, hierherzukommen. Meine Mutter fühlte sich zuerst unwohl, konnte aber ebenfalls schon bald einen Job als Haushaltshilfe finden. Und ich? Für mich endete der Umzug in einem Alptraum. All die Hoffnungen, die ich mir gemacht hatte, hier eine erfolgreiche Zukunft aufzubauen, wurden jäh zunichtegemacht. Schon an meinem ersten Schultag zeigte sich, wie weit entfernt von meinen Träumen ich doch gestrandet war.

Die Direktorin hatte Julia angewiesen, mir die Klassenräume zu zeigen und mich in den Alltag zu integrieren. Ich sprach immerhin ein paar Brocken Deutsch, gerade so viel, dass ich mich verständigen konnte. Diese Kenntnisse hatte ich mir in den Monaten vor der Abreise angeeignet. So weit, so gut. Julia war von Anfang an total nett und scherzte viel mit mir, ich fühlte mich willkommen. Bis wir unser Klassenzimmer betraten. Abwertende Blicke wanderten über meinen Körper. Es wurde getuschelt und gelacht. Aber nicht im freundlichen Sinne.

Schon zu diesem Zeitpunkt hätte ich mich am liebsten wieder umgedreht und wäre weggelaufen. Oder im Boden versunken. Klar, mein Hautton war einen Hauch dunkler als der meiner Mitschüler. Aber nicht mehr, als wenn sie selbst eine Sommerbräune hätten. Sonst unterschied mich äußerlich nichts von den Menschen, die da auf ihren Stühlen saßen. Im Inneren waren wir alle gleich. Und trotzdem verurteilten sie mich von Sekunde eins an.

Wenn ich damals gedacht hatte, es würde sich mit der Zeit schon legen, irrte ich mich gewaltig. Ganz im Gegenteil: Die Abneigung flaute nicht ab, sie wurde schlimmer. Als die Jungs merkten, dass meine Deutschkenntnisse kaum dazu ausreichten, mich der Klasse vorzustellen, fielen Kommentare wie:
„Du nix sprechen Deutsch?“
„Brauchen Deutschkurs für billig Geld.“ und „Geh doch dorthin zurück, von wo du gekommen bist.“

Es wurde laut durch den Raum gegrölt, was auch am Lehrer nicht vorbeiging. Die Verantwortlichen wurden zur Direktorin zitiert und verwarnt. Doch das änderte nichts. Außer, dass die Beschimpfungen von da an noch schlimmer wurden und mir immer nur so an den Kopf geschleudert wurden, dass kein Lehrer es hören konnte.

Die Tore des Schulhofes lagen vor mir, ich steckte meine Hände in die Hosentaschen, um das Zittern zu verbergen. Ohne Julia fühlte ich mich entblößt, als würde ich nackt vor meinen Mitschülern stehen. Sie bot den Jungs die Stirn, wenn sie auf mir herumhackten. Nicht nur einmal hatte sie ihnen ihre Schulbücher oder Sportsachen versteckt, aus Rache dafür, was sie mir antaten.

Im Eiltempo überquerte ich den Weg zum Haupteingang und huschte zu den Garderoben, um möglichst ungesehen meine Jacke im Spind zu verstauen. Noch schien alles ruhig zu sein. Das lag wahrscheinlich daran, dass der Unterricht erst in 20 Minuten beginnen würde. Gut für mich. So konnte ich ins Klassenzimmer gehen, ohne die erste Konfrontation der Woche erwarten zu müssen. Ich setzte mich an meinen Tisch im hintersten Winkel des Raumes und versteckte meine Nase in einem Buch.

So konnte es gerne bis Schulschluss laufen ... Die Mitschüler, die nach und nach eintrudelten, würdigten mich keines Blickes. Als wäre ich gar nicht da. Aber lieber so als anders. Die erste Unterrichtsstunde zog an mir vorbei und ich bekam kaum etwas mit. Zu weit entfernt befanden sich meine Gedanken. Nicht auf diesem Kontinent, um genau zu sein. In den letzten Wochen dachte ich vermehrt an das Leben in Algerien zurück. An die Freunde und Verwandten, die ich seither nicht mehr sehen konnte. Ob sie mich wohl vermissten? Oder gab es keinen Platz mehr für mich in ihrem Leben?

Das Klingeln holte mich auf den Boden der Tatsachen zurück. Informatik stand an. Dazu musste ich den Raum verlassen, mich durch die Gänge bewegen. Ein mulmiges Gefühl machte sich in meinem Körper breit, ich trat durch die Tür. An meine Schulbücher geklammert versuchte ich, mich davonzuschleichen. Plötzlich umzingelten sie mich, die Jungs aus der Klasse. Ich konnte weder vor noch zurück. Gefangen zwischen fünf Monstern.

„Ohhh, kann sich das arme Mädchen nicht bewegen?"

„Hilfe brauchen sie würde, aber niemand das macht."

„Seht sie euch an, ein jämmerlicher Haufen Dreck."

„Vielleicht sollten wir ihr zur Hilfe kommen und sie in einen Schlepper in Richtung Heimat setzen!" Ihr Gelächter und ihre Worte gingen mir durch Mark und Bein. Tränen traten in meine Augen, ich wollte sie unterdrücken, damit sie sie nicht sahen. Da versetzte mir von hinten einer einen Stoß und meine Bücher fielen zu Boden. Sie kickten sie in alle Richtungen und schlenderten davon. Jemand rief mir noch zu:

„Vielleicht solltest du die Bücher ja eher auf dem Kopf tragen. Das könnt ihr Afrikaner doch gut. Immerhin müsst ihr euer Wasser auch so in Krügen schleppen."

So schnell sie gekommen waren, verschwanden sie auch wieder. Und ich blieb zurück. Warum taten sie mir das an? Ich hatte nie auch nur ein schlechtes Wort über sie verloren, war nichts als freundlich zu ihnen. Tränen liefen mir über die Wangen. Niemanden um mich herum interessierte es. Ich sammelte die Bücher zusammen und ging zum Klassenraum, um wenigstens noch einen guten Tisch zu ergattern.

Bis zur Mittagspause blieb ich von Zusammenstößen verschont. Aber schon vor dem Betreten der Kantine sah ich das Unheil kommen. Die Jungs standen als Letzte in der Essensschlange und hatten mich entdeckt. Wie tollwütige Hunde stürmten sie auf mich zu, rissen mir die Tasche von der Schulter.

„Lasst uns mal sehen, ob sie ein paar Euro besitzt. Dann ist sie immerhin für irgendetwas zu gebrauchen und spendiert unser Mittagessen."

Sie durchwühlten jedes Fach und steckten meinen Geldbeutel ein. Ich konnte nichts dagegen tun. Wie erstarrt stand ich da, unfähig, auch nur einen Mucks von mir zu geben. Die Angst, sie könnten noch Schlimmeres tun, war zu groß.

Mir blieb kein Cent mehr, um mir eine Jause kaufen zu können. Aber mir war der Appetit sowieso vergangen. Wenn ich nur daran dachte, mich an einen der Tische zu setzen und sie zu sehen, drohte mein Frühstück wieder hochzukommen. Mit gesenktem Blick schlenderte ich zurück zum Unterrichtsraum und dort blieb ich, bis der Schultag um war und ich endlich die Flucht ergreifen durfte. Im Eiltempo verließ ich die Schule, um bloß niemandem mehr über den Weg zu laufen.

Zu Hause angekommen stürmte ich in mein Zimmer. Es war mir egal, ob schon jemand im Haus war oder nicht, ich wollte nur alleine sein. In meinen vier Wänden schloss ich mich ein, ließ mich auf das Bett fallen. Mit laut aufgedrehter Musik heulte ich in mein Kopfkissen. Wenn meine Eltern mitbekommen würden, dass ich weinte, würden sie Fragen stellen. Sie anzulügen würde ich nicht wagen, aber sie durften auf keinen Fall die Wahrheit erfahren. Sonst könnte ich sie nicht davon abhalten, einen Aufstand in der Schule zu machen und die Sache nur noch mehr zu verkomplizieren. Also lieber laute Musik, um mein Schluchzen zu übertönen.

Meinen Eltern und auch Kenan ging es so viel besser hier in Österreich als früher in Algerien. Ihnen mangelte es an nichts. Sie wurden im Job und im Studium offenbar toleriert und wirkten glücklich. Warum hatte sich das Schicksal gegen mich gewendet? Immer hatte ich versucht, ein guter Mensch zu sein. Zu helfen, wo ich nur konnte. Wer half mir jetzt? Wieso durfte ich dieses Glücksgefühl nicht erleben? Alles war so unfair …

Meine Welt geriet mehr und mehr aus den Fugen. Es gelang mir kaum noch, einen Lichtblick in meinem Alltag zu sehen. Je mehr Zeit verstrich, desto mehr verdunkelte sich meine Sicht auf die Zukunft und das Leben. Vom Gefühl der Trostlosigkeit erfüllt drehte ich mich auf den Rücken. Die Decke des Raumes hing über mir wie eine Gewitterwolke, die Unheil ankündigt. Es würde nicht besser werden. Niemals. Die Situation könnte sich nur noch verschlechtern. Das war's.

Wofür lohnte es sich zu leben, wenn man doch nur darunter litt? Worauf sollte ich hoffen, wenn es keine Hoffnung mehr gab? Wieso sollte ich träumen, wenn die Realität den Traum in eine Million Scherben zerschlug? Es hatte keinen Zweck. Erschöpfung breitete sich in mir aus, mein Körper wog schwer wie Blei. Doch anstatt das Einschlafen zuzulassen, richtete ich mich auf und lehnte den Kopf gegen die Wand.

Kein Schlaf. Den hatte ich mir nicht verdient. Ich war ein Schwächling. Ein Lamm in einer Höhle der Löwen, das sich nicht traute, sich zu verteidigen. Noch vor wenigen Jahren sagte man mir nach, ich sei ein kluges und schlagfertiges Mädchen, das sich von nichts und niemandem unterkriegen ließ. Aber jetzt? Nun war ich ein Nichts. Ein Loser. Eine Versagerin. Meine Eltern wären enttäuscht von mir, wenn sie wüssten, was ich mir gefallen ließ. Kenan ebenso, er war immer stolz darauf gewesen, eine solch mutige kleine Schwester wie mich zu haben …

Eine wandelnde Enttäuschung war aus mir geworden. Ein Magnet für Unheil und Schmerz. Früher oder später würde ich die Menschen, die sich in meine Nähe wagten, mit mir in den Abgrund ziehen. So stand es unausweichlich im Schicksal festgeschrieben. Alle Wege führten in die Dunkelheit. Mein Herz und meine Seele hatten das große Nichts schon erreicht, es gab kein Entrinnen mehr. Fehlte nur noch der Rest von mir … Die Musik wechselte, der „Cup Song“ aus dem Film Pitch Perfect dröhnte aus den Boxen. Ich hielt inne, die Lyrics zogen mich in den Bann. Songzeilen darüber, ob man vermisst werden würde, wenn man ging. Aus dem Leben der anderen verschwand. Würde mich jemand vermissen, wenn ich weg wäre? Um mich trauern, wenn ich einfach mein Leben beenden würde? Oder meine Existenz wie ausgelöscht wäre? Es gäbe nichts, das ich hinterlassen würde. Keine bewegenden Taten, die in Erinnerung blieben. Es wäre kein Verlust für diese Welt, wenn ich weg wäre …

Mir schauderte, doch ich konnte an nichts anderes mehr denken. Wenn ich verschwinden würde, gäbe es auf dieser Erde wieder einen Platz mehr für einen Menschen, der ein glückliches Leben führen könnte. Eine Seele weniger, die kostbaren Sauerstoff verbrauchte, obwohl sie doch lieber ersticken würde. Von meinem Abgang profitierte der gesamte Planet. Wieso sollte ich dann noch zögern und bleiben?

„Tu es, Talia. Es ist besser für dich. Besser für deine Mitmenschen. Für deine Eltern. Kenan. Julia. Und selbst für die anderen Schüler. Sie alle könnten ihren Frieden finden. Du machst bloß den ersten Schritt für sie alle."

Diese Worte, die ich mir selbst zusprach, erzeugten eine Entschlossenheit in mir. Ein Adrenalinstoß durchzuckte meinen Körper. Ich sprang auf, kramte Zettel und Stift hervor. Doch was wollte ich ihnen sagen? Ich hatte noch nicht einmal den Mumm, ihnen von meinen Problemen zu erzählen. Was sollte ich denn jetzt schreiben? Letzten Endes kritzelte ich die ersten Dinge hin, die mir in den Sinn kamen:

„Liebe Mama! Lieber Papa! Lieber Kenan! Liebe Julia!

Ihr wisst, das Schicksal zeigt den Menschen Wege auf, deren Verlauf ein ungewisses Ende nimmt. Ich muss meinem Weg folgen, ein Umkehren ist nicht möglich. Bitte seid nicht traurig oder enttäuscht, dass ich euch verlasse, ohne euch Lebwohl zu sagen. Es hätte nichts ändern können. Der Planet braucht Platz für glückliche Menschen. Aber ich bin keiner davon. Ich verschwende nur Raum, der für wahres Glück gedacht wäre. Und genau deswegen werde ich gehen. Meinen letzten Atemzug tun und wie ein Vogel im Wind in den Himmel flattern. Frei sein. Hoffentlich könnt ihr mir irgendwann verzeihen.

Ich liebe euch von ganzem Herzen, vergesst das nie!
Eure Talia"

Den Zettel platzierte ich gut sichtbar auf meinem Bett, irgendwer würde ihn finden. Und bevor ich meine Meinung ändern konnte, schlüpfte ich in meine Sneakers und verließ das Haus. Schnellen Schrittes hastete ich aus dem Dorf, nahm nichts und niemanden in meiner Umgebung wahr. Mein Ziel stand mir klar vor Augen: die Aussichtsbrücke. Eine typische Touristenattraktion, bei der sich zu dieser Tageszeit kaum Menschen herumtreiben würden.

Schon bald tauchte die Hängebrücke, die zwischen den Hügeln verlief, vor mir auf. Darunter ging es eine Schlucht hinab, an der tiefsten Stelle bis zu 50 Meter. Der perfekte Ort, um zu lernen, frei wie ein Vogel zu sein. Hier wollte ich meine Schwingen ausbreiten und dem Himmel entgegenfliegen. Der Wind würde mich dorthin tragen, wo ich hingehörte. Jeder Flügelschlag könnte mich ein Stück näher an mein Ziel bringen.

Nebel zog auf, keine Menschenseele befand sich auf der Brücke. Nur ich. Schritt für Schritt bewegte ich mich auf die Mitte zu, direkt über der Schlucht. Meine Hände umfassten das stählerne Geländer. Unter mir konnte ich das Rauschen des Flusses hören, der sich seinen Weg durch die Felsen bahnte. Die Nebelschwaden verhinderten, dass ich bis zum Abgrund blicken konnte. Doch ich wollte es so sehr, sehnte mich danach, einen Blick auf die reißende Strömung zu werfen.

Wie ferngesteuert kletterte ich über die Metallstange, das Gesicht der Leere unter mir zugewandt.

„Zeit zu fliegen, Talia. Du schaffst das!“, flüsterte ich mir zu. Finger um Finger löste sich vom Geländer. Ich ließ los. Mein Kopf entleerte sich aller Gedanken, ich wurde eins mit dem Wind, der mich umwehte. Die Erdanziehungskraft zog mich nach unten. Tiefer und tiefer fiel ich, es kam mir vor wie ein stundenlanger Fall. Erinnerungen an meine Kindheit in Algier blitzten vor meinem inneren Auge auf. Mit geschlossenen Augen genoss ich den Film, der sich vor mir abspielte. Mein Unterbewusstsein wartete auf den Aufprall. Das Ende. Doch es kam nicht. Stattdessen endete mein Flug mit einer Landung, sanft, als wäre ich in ein Meer aus Federn gestürzt. Aber da war noch etwas: Ich konnte fühlen, wie eine Vielzahl an Händen mich berührte. Sie umschlossen meinen Körper, hielten mich fest an sich gedrückt. Ein Gefühl der Liebe durchströmte mich. Das mussten Engel sein. War ich im Himmel? Fühlte es sich so an, im Paradies anzukommen? Vorsichtig öffnete ich die Augen. Der Nebel lichtete sich, Sonnenstrahlen blitzten mir ins Gesicht. Nach und nach gewöhnte ich mich an die Helligkeit und blickte plötzlich in die tränenüberströmten Gesichter meiner Eltern. Und von Kenan, Julia und noch einigen meiner Freundinnen aus meiner alten Heimat. Sie hatten mich aufgefangen. Die Verwirrung musste mir anzusehen sein. Ich wollte aufstehen, doch sie alle drückten mich so fest, dass ich mich kaum bewegen konnte.

„Was ist hier los? Wie ist das möglich, dass ihr hier bei mir seid? Das kann doch gar nicht sein! Seid ihr tot?“ Sie stellten mich auf die Beine und Kenan drückte mich an seine Brust.

„Verdammt, Schwesterherz! Tu uns das niemals an! Du bist in unseren Herzen fest verankert. Keiner von uns würde dich je im Stich lassen. Talia, du bist etwas Besonderes, perfekt, so wie du bist. Ändere dich für niemanden. Lass dich nicht unterkriegen. Du bist nicht allein. Wir alle lieben dich und stehen hinter dir. Vergiss das nicht.“

Und dann plötzlich ein Riss in meiner Wahrnehmung. Die Umgebung fing an, sich zu drehen. Mir wurde schwindelig. Von einer Sekunde auf die nächste verdunkelte sich nicht nur mein Umfeld, sondern auch die Gesichter vor mir. Bis nichts mehr zu sehen war.

Ich schreckte hoch, stieß mir den Kopf an der Kante des Nachttisches. Musik von Mok Saib drang an mein Ohr, ich lag in meinem Bett. Ein Blick auf das Handy zeigte mir, dass es kurz vor 6 Uhr morgens war. Montag. Schon wieder? Was zum Teufel war hier los? Mir fiel es wie Schuppen von den Augen. Ein Traum. Das musste es sein, ich hatte all das nur geträumt. Doch es schien so real zu sein, das Adrenalin rauschte immer noch durch jede Faser meines Körpers.

Etwas war anders an diesem Montagmorgen als an jenem in meinem

Traum. Oder an den anderen Montagen zuvor. Irgendwie war ich froh darüber, dass ich es nur geträumt hatte. Mir schien, als würde eine Mischung aus Stärke und Kraft meinen Körper antreiben. Und Liebe. Besser gesagt das Gefühl, geliebt zu werden. Nicht allein zu sein. In meinem Leben gab es Menschen, die immer für mich da sein würden, egal, was kommen würde. Sie liebten mich, genau so, wie ich war.

Diese treibende Kraft in mir sprach mir Mut zu, ließ mich einen Teil meines alten Selbst wiederfinden. Ich begriff, dass es nicht das Leben war, das ich loslassen durfte. Nein. Es war die Angst. All die negativen Gedanken und Gefühle. Sie musste ich ziehen lassen. Am besten sollte ich sie weit weg, in einen der dunkelsten Winkel meines Gehirns, verbannen.

Was andere von mir dachten, durfte nicht mein Leben bestimmen oder gar zerstören. Meine Existenz lag meinem Umfeld am Herzen, man würde mich vermissen. Ich war wichtig. Und ich besaß die Stärke, mich meinen Dämonen zu stellen. Ab jetzt würde ich mein Leben wieder selbst in die Hand nehmen und verbal zurückschlagen. Es war an der Zeit, die mutige Talia sichtbar zu machen.

Als Julia mich an diesem Tag vor dem Haus abholte, um mich zur Schule zu begleiten, lächelte ich. Und zwar nicht dieses aufgesetzte Grinsen, das ich ihr sonst am Morgen zeigte, um meine Angst vor dem Schultag zu überspielen. Nein, heute war es ein strahlendes, entspanntes Lächeln, das von einem Ohr zum anderen reichte. Ich hakte mich bei ihr unter und sie sah mich verwirrt an.

„Guten Morgen, Süße! Ja, ich weiß, mein Anblick heute muss seltsam sein, aber ich erkläre dir alles am Nachmittag. Nur so viel: Ein Traum ist der Grund.“

Erstmals schritt ich erhobenen Hauptes durch die Flure der Schule. Ich konnte die verwunderten Blicke in meinem Rücken spüren und es fühlte sich gut an. Die ersten Beleidigungen setzten mir zwar zu, aber es wurde besser. Am Nachmittag traute ich mich dann sogar, den Jungs Kontra zu geben.

„Fühlt ihr euch nicht jämmerlich, wenn ihr auf wehrlose Mädchen losgeht? Und da wollt ihr euch Männer nennen? Ein echter Mann behandelt eine Frau wie ein Gentleman und nicht wie ein Arsch. Schämt euch in Grund und Boden. Ihr seid nicht mehr als ein Haufen Babys, die nie erwachsen werden können. Milchbubis."

Mit diesen Worten drehte ich mich um und ließ die verdutzt blickenden Kerle zurück. Meine Reaktion hatte sie so überrascht, dass sie es nicht schafften, etwas zu erwidern. Ich grinste und fiel an diesem Abend zufrieden ins Bett. Heute konnte ich wirklich stolz auf mich sein.

Und so ging es weiter. Von Tag zu Tag lief es besser für mich. Zwar würden die Jungs mich nie akzeptieren, aber irgendwann bemerkten sie, dass ihre Hänseleien zu nichts mehr führten. Sie hatten die Macht über mich verloren und mussten sich geschlagen geben. Nach und nach hörten sie damit auf. Und ich konnte endlich anfangen, mein neues Leben zu genießen. Ganz ohne Angst und mit neuer Freude. Alles dank eines Traumes, der mir die Augen geöffnet hat.

„Erstmals schritt ich erhobenen Hauptes durch die Flure der Schule. Ich konnte die verwunderten Blicke in meinem Rücken spüren und es fühlte sich gut an.“

Der Mensch, der keiner war

von **Kimberly Heinke**

Die Zeiger deiner Armbanduhr verraten dir, dass es gerade einmal halb sieben Uhr morgens ist – dabei läuft dir der Schweiß jetzt schon über das Gesicht und benetzt dein Oberteil. Du achtest darauf, deine Arme nicht zu heben, weil du Angst vor den Reaktionen der Menschen hast, die deine Schweißflecken an den Achseln sehen könnten. Also unterdrückst du das Verlangen, dich an deinem Kopf zu kratzen, als es dort plötzlich anfängt zu jucken. Du versuchst es zu ignorieren und läufst weiter.

Endlich bist du am Hauptbahnhof angekommen. Der schrecklich heiße Augustmorgen hätte nicht besser anfangen können, denn eigentlich wäre heute dein erster freier Tag nach Monaten des Arbeitsstresses gewesen. Dein Chef hatte dir dieses kurze Glück genommen, als er dich vor einer knappen halben Stunde anrief und dich bat, für eine Kollegin einzuspringen, die angeblich einen Magen-Darm-Virus hatte. Dies war auch schon ihre fünfte Krankschreibung in diesem Jahr, die sich sicherlich einige Tage hinziehen würde.

Du hättest einfach verneinen können, als er dich fragte, ob du einspringen würdest. Schließlich bist du immer diejenige, die einspringt und den Job macht, für den sich andere zu gut sind. Doch du konntest dich nicht dazu überwinden. Also versprachst du, um Punkt sieben Uhr bei der Arbeit zu sein.

Du betrittst das Innere des Bahnhofs. Eine Lärmwelle überrollt dich. Das Gemisch aus hetzenden Schritten, wildem Gefluche, Stimmengewirr und elektronischen Durchsagen hämmert auf deine Ohren ein.

Wie gewohnt ist es im Inneren des Bahnhofs deutlich voller als außerhalb, denn viele Menschen wollen jetzt zur Arbeit und sind auf öffentliche Verkehrsmittel angewiesen. Wie Ratten schwirren sie durcheinander. Gehetzt sind ihre Blicke. Einige rennen, um noch ihre Bahn zu erwischen, andere stehen gelangweilt in der Gegend herum, da sie ihren Zug gerade verpasst haben und nun eine Weile warten müssen.

Du schlängelst dich zwischen den Geisterläufern hindurch, darauf achtend, nicht mit ihnen zusammenzustoßen. Es ist schwierig, denn sie alle laufen in einem unterschiedlichen Tempo, in verschiedene Richtungen.

Im Foyer des Bahnhofs ist die Luft stickig und widerlich feucht-warm. Während du eilig durch den Menschendschungel huschst, um zu dem Gleis deiner U-Bahn zu gelangen, versuchst du dir etwas kühle Luft unter deine lange Bluse zu fächeln, indem du den Stoff anhebst. Doch viel bringt es nicht.

Mit neidvollem Blick streifst du die Menschen, die dir im Bahnhof entgegenkommen. Die meisten tragen kurze Kleidung. Shorts, ein Top, ein T-Shirt und dazu Flip-Flops oder Sandalen. Du wünschst dir, eine Figur zu haben, mit der man solche Kleidung ebenfalls tragen könnte. Oder zumindest den Mut zu besitzen, auf die Meinungen der anderen keine Rücksicht mehr zu nehmen. Stattdessen hast du dich heute Morgen für eine lange Bluse und einen schwarzen Blazer entschieden und danach auch noch zu einer langen, schwarzen Hose gegriffen.

Ich verstehe euch Menschen nicht – besonders euch Frauen. Du ziehst dir an diesem heißen Augusttag lange Kleider an, damit niemand „dein Elend" sehen muss. Was soll das überhaupt bedeuten? Du schämst dich, deinen Körper zu zeigen, nur weil du kein Normalgewicht hast. Nur, weil du etwas mehr auf den Hüften hast, als die Klappergestelle von Models, die ihren Sinn des Lebens darin gefunden haben, ständig zu hungern und Kohlenhydrate zu meiden, als wären sie Gift. Du leidest lieber. Aber dafür kannst du nichts – dir wurde beigebracht so zu denken.

Tiefer gehst du in den Bahnhof hinein und erreichst schließlich die Treppe, die dich hinunter zu den U-Bahn-Gleisen bringen wird. Du steigst hinab in den Untergrund, der von flackernden Neonlampen erhellt wird. Doch immerhin ist es hier deutlich kühler! Und es sind weniger Menschen unterwegs als auf der oberen Ebene.

Du entdeckst einen Obdachlosen, der sich in seinem Schlafsack in einer kleinen Nische verkrochen hat. Um ihn herum stehen leere Bierflaschen und er ist eingehüllt in mehrere dünne Decken, denen man die Flöhe schon von Weitem ansieht. Irgendwo hat jemand uriniert. Es riecht streng und dir wird etwas übel. Du beschleunigst deinen Schritt.

Ist es nicht komisch, dass ihr alle zu einem Ganzen gehört? Ihr alle seid *die Gesellschaft*. Aber als Teil der Gesellschaft gibt es Regeln und Pflichten. Es gibt allgemeine Richtlinien, an die sich jeder zu halten hat. Es gibt eine klare Vorstellung vom Schönsein. Eine Vorstellung, die auf den Großteil der Bevölkerung nicht zutrifft, und dennoch klammert ihr euch daran. Ihr seid komisch. Ihr seid dumm.

Als du durch die verhältnismäßig leeren, orangefarbenen Tunnel gehst, die dich zu der U-Bahn-Station bringen, spürst du den Impuls, dir kurz über deine Stirn zu wischen, auf der sich glitzernde Schweißperlen gesammelt haben. Dann fällt dir ein, dass dies sicherlich dein Make-up ruinieren würde, weshalb du es lässt. Du willst ja die anderen Menschen mit einem verschmierten Make-up nicht erschrecken, das du allerdings nur aufgelegt hast, damit man dich nicht ungeschminkt sieht. Denn du schämst dich für deine unreine Haut, für deine Rötungen, für deine dunklen Schatten unter den Augen. Niemand darf sehen, dass du ein ganz normaler Mensch bist. Inzwischen bist du an dem Gleis der U-Bahn angekommen. Hier ist es anscheinend noch voller als auf der obersten Ebene. Jeder will jetzt zur Arbeit und wartet darauf, dass die U-Bahn einfährt. Wie betäubt vom Warten sind jedoch alle still.

Unwohl fühlst du dich zwischen diesen Menschen. Es scheint beinahe so, als würden sie dich gleich zerquetschen. Dich überkommt eine leichte Angst, dass du dieser Anhäufung von leeren Blicken und schlechter Laune niemals wieder entkommen wirst, doch du schlängelst dich trotzdem hindurch, damit du die nächste Bahn erwischen kannst.

Du blickst zu den anderen Wartenden auf – hier bist du die kleinste. Eine Mauer aus dunklen Jacken und Rucksäcken hat dich umzingelt und du kannst nicht hinüberblicken, kannst nicht entkommen. Eigentlich willst du von hier verschwinden, dich durch den Menschendschungel quetschen und hinaus in die kühle Morgenluft treten, doch du bleibst hier, bleibst stehen und wartest.

Auf der Anzeigetafel wird vermerkt, dass die Bahn bald einfahren wird. Gemischte Gefühle steigen in dir auf, denn einerseits freust du dich, dass du endlich aus diesem muffigen Bahnhoftunnel herauskommst, andererseits weißt du, dass die Fahrt in einer engen Bahn, Körper an Körper, noch schlimmer sein wird als das bloße Warten hier vor den Gleisen. Und kaum ist ein Wimpernschlag vergangen, spürst du diese kühle Zugluft, die jedes Mal auftritt, wenn die U-Bahn in das Gleis einfährt. Die Zugluft wird stärker und schwächt sich dann ab, als die Bahn abgebremst wird und langsam auf den Gleisen zum Stehen kommt.

Der Menschendschungel setzt sich in Bewegung. Sie alle drängen nach vorne und eilen zu den Türen, um bloß hineinzukommen und einen Sitzplatz zu ergattern. Instinktiv weißt du, dass du keinen Sitzplatz bekommen wirst, denn du bist viel zu weit hinten in der Schlange. Also wirst du die ganze Fahrt über stehen müssen. Dicht an dicht mit den anderen frustrierten Arbeitnehmern. Körper an Körper. So eng, dass du kaum noch Luft bekommen und deine befreiende Haltestelle herbeisehnen wirst.

Die Masse drängt dich nach vorne. Der Strom reißt dich mit sich. In deinem Rücken spürst du deinen Hintermann. Vor deinem Gesicht hängt ein großer, schwarzer, miefender Rucksack, den du fast mit deiner Nasenspitze berühren kannst. Links und rechts von dir versuchen sich Menschen an dir vorbeizudrängeln und schieben dich leicht, so dass du von einer zur anderen Seite taumelst. Du willst ausholen und ihnen deine Ellbogen ins Gesicht rammen, doch du unterdrückst diesen Drang und schluckst deinen Ärger hinunter. Resigniert gibst du dich der Tatsache hin, dass du fünfzehn Minuten bis zu deiner Haltestelle stehen musst und den heißen Atem der anderen in deinem Nacken spüren wirst.

So passiert es auch. Man drängt sich bis in die hinterste Ecke der U-Bahn. Dabei kommt in fünf Minuten die nächste. Aber man will nicht warten, man hat diese fünf Minuten nicht.

Du findest dich in der Masse wieder. Nirgendwo ist eine Stange, an der du dich festhalten kannst, als sich die Türen der U-Bahn schließen und sie sich ruckelnd in Bewegung setzt. Vergeblich versuchst du irgendwo Halt zu finden, doch dort ist nichts. Du versuchst mit deinen Füßen die Balance zu halten, doch ab und zu, wenn die Schienen auf einer unebenen Fläche liegen, verlierst du das Gleichgewicht, doch du fällst nicht – die widerlich heißen Körper fangen dich auf.

In der stickigen Luft des geschlossenen U-Bahn-Inneren schwitzen sie noch stärker als zuvor. Auch du. Die Hitze ist unerträglich. Du willst zumindest deinen Blazer ausziehen, doch dir fehlt der Platz, so wie allen anderen. Der müffelnde Geruch des Schweißes vermischt sich mit der abgestandenen Luft. Noch vierzehn Minuten Hölle.

Wieso tust du dir das eigentlich an? Es wäre doch viel entspannter, einfach nichts zu tun, einfach in den Tag hineinzuleben. Ohne Arbeit, ohne Verpflichtungen. Aber nein, du willst ja ein Teil des Ganzen sein. Du willst dich ja richtig verhalten. Eben so, wie man es von dir verlangt. Du willst niemanden mit deinem Äußeren belästigen, weil es eben nicht dem Bild des Schönseins entspricht – so wie fast niemand diesem Bild entspricht. Ist das etwas, was zum Menschsein dazugehört?

Sich absichtlich herabzusetzen? Endlos scheint dein Weg zu sein. Du spürst, wie der Schweiß deine Bluse durchnässt, und wünschst dir nichts sehnlicher, als etwas Deo unter deinen Armen zu verteilen. Das Parfüm, das du heute auf deinen Hals gesprüht hast, dürfte sich gerade mit deinem Schweiß vermischt haben. Dein Makeup verschwimmt, dein Gesicht glänzt an Kinn und Stirn. Du glaubst, Schwitzen ist unweiblich, weshalb du dich dafür schämst und nach unten blickst, damit bloß niemand mitbekommt, dass du ein ganz normaler Mensch bist, mit ganz normalen, menschlichen Funktionen. Aber das will nicht in deinen Kopf, weil du geschädigt bist von den unrealistischen Vorstellungen der Gesellschaft.

Nach einer Endlosigkeit fährt die U-Bahn in das Gleis deiner Haltestelle ein. Im Inneren merkt man die leichte Unruhe der Menschen, die scheinbar unbewusst signalisieren, dass sie alle hier aussteigen müssen. Es sind kleine Unruhezustände: ein Zurechtrücken der Jacke, ein leichtes Räuspern, ein Knistern am Rucksack. Als sich die Türen öffnen, geht das Gedränge erneut los und du wirst wieder vom Strom mitgerissen.

Du gönnst dir als Erstes einen tiefen Atemzug, als du mit der Masse aus der Bahn steigst. Die Morgenluft erscheint herrlich klar und deutlich kühler, verglichen mit der verbrauchten Luft im Inneren der Bahn.

Du lässt dich weiter von dem Strom mitziehen. Ihr steuert die klackernde Rolltreppe an, die euch hinaufführt – hinaus aus der U-Bahn-Station und hinein in die Tiefe der Großstadt. Mit den anderen reihst du dich auf der Rolltreppe ein. Die enge Masse zerstreut sich, als ihr schließlich oben angekommen seid. Jeder hat ein anderes Ziel, so glaubt ihr jedenfalls. Tatsächlich ist es jedoch dasselbe Ziel, nur an unterschiedlichen Orten.

Dein Ziel befindet sich gleich auf der gegenüberliegenden Straßenseite. Es ist ein riesiger, grauer Klotz aus Beton und Glas, der direkt an einer Kreuzung liegt. Die Morgensonne spiegelt sich in den Fenstern wider und lässt dich die Augen zusammenkneifen, als du von unten zu dem Hochhaus hinaufblickst. Links und rechts befinden sich weitere, kleinere Hochhäuser, die ebenso ein graues Gemisch aus Glas und Beton verkörpern. Ab und zu blinken dazwischen helle Werbeschilder auf. Die stark befahrene Straße, die dich von deiner Arbeitsstelle trennt, ist wie ein rauschender Fluss, den es zu überqueren gilt.

Du stellst dich an den Rand. Bald wird die Ampel dort an der Kreuzung auf Rot umschalten. Du bist zu faul, um den Fußgängerübergang zu nutzen. Unauffällig versuchst du an dir zu riechen, um festzustellen, ob du zu sehr nach Schweiß stinkst – schließlich willst du nicht, dass deine Arbeitskollegen umfallen, wenn sie an dir vorbeigehen. Inzwischen wird jedoch schon die Ampel rot und du nutzt die Verlangsamung der Autos, um über die Straße zu huschen. Ein Taxifahrer, der deinetwegen trotzdem etwas stärker bremsen muss, hupt zornig und ruft dir einen blöden Spruch hinterher.

„Roll von der Straße, du fetter Schinken!“, brüllt er mit seinem zarten Bierbauch.

Du versuchst es zu ignorieren. Trotzdem treffen dich die Worte. Noch schlechter gelaunt, betrittst du das Hochhaus.

Das Foyer ist steril und trist. Weißer Marmorboden reflektiert die kleinen, hellen Deckenbeleuchtungen. Kahl sind die weißen Wände. Hinter der Empfangstheke, weit hinten im Foyer, steht eine gelangweilte Blondine. Sie mit ihrer perfekten Figur, trägt natürlich eine kurze Bluse und einen Bleistiftrock, denkst du neidisch und betätigst den silbernen Knopf des Aufzugs, der dich in die siebte Etage bringen wird. Die Türen öffnen sich und du steigst ein. Den verspiegelten Innenraum nutzt du, um kurz dein Äußeres zu beurteilen.

Du denkst, du siehst schrecklich aus. Schweiß glitzert dir im Gesicht und deine Wimperntusche ist unter dem Auge etwas verschmiert, so dass du sie grob mit deinem Finger wegwischst. Die Schweißflecken unter deinen Armen sieht man glücklicherweise nicht, so bemerkst du, da der Blazer einen guten Sichtschutz bietet. Deine Haare sind zerzaust durch die feuchtwarme Luft und du versuchst sie etwas zu glätten. Währenddessen ist der Aufzug jedoch schon in der siebten Etage angekommen und die Türen öffnen sich.

Ein riesiges Großraumbüro erscheint vor dir, in dem Schreibtische an Schreibtische gereiht stehen, nur mit einem Sichtschutz voneinander abgegrenzt. An den Tischen sitzen willenlose, lebende Tote, die hektisch etwas in ihren Computer eingeben oder schnell eine Akte zusammenlegen. Ein Meer aus Kugelschreiberklicken, Blätterrascheln und Tastaturtippen. Rasch steigst du aus dem Aufzug und stößt plötzlich mit einer Person zusammen, die du nicht hast kommen sehen. Deine Schulter wird nach hinten gerissen und du quiekst erschrocken auf. Ein Stapel Akten fällt dir mit einem dumpfen Schlag vor die Füße.

„Oh, bitte entschuldigen Sie!“, rufst du aus und bückst dich, um die Akten aufzuheben.

„Lassen Sie sie einfach liegen“, erwidert eine freundliche Frauenstimme und packt dich am Arm.

Noch während du in der Hocke verweilst, blickst du überrascht auf und siehst in ein freundliches Augenpaar. Du bist erstaunt. Die Frau muss etwa in deinem Alter sein. Sie ist wunderschön, denkst du. Dass sie etwas mehr auf den Hüften hat, bemerkst du gar nicht. Denn von ihr scheint ein Licht auszugehen, das heller strahlt als die Sonne. Es ist das Selbstbewusstsein, die Selbstliebe, die von ihr ausgeht. Sie ist perfekt.

Langsam richtest du dich auf. Die Hand auf deinem Oberarm verschwindet nicht. Auch nicht, als du direkt vor ihr stehst.

„Liegen lassen?“, fragst du.

„Ja“, sagt die Frau ruhig.

„Ein anderer wird sich schon darum kümmern.“

„Aber –“

„Kein Aber“, unterbricht dich die Frau bestimmt. „Jemand anderes soll es tun.“

Du willst widersprechen, traust dich aber nicht. Da blickt die Frau an dir herab und macht ein erstauntes Gesicht.

„Warum bist du denn so angezogen?“, fragt sie. „Ist dir denn nicht warm?“

„Doch“, meinst du. „Aber ich will nicht, dass andere mein Elend sehen.“

„Dein Elend?“, fragt die Frau. „Ich sehe kein Elend. Ich sehe ein Opfer der Gesellschaft, das sich nicht traut so zu sein, wie es nun einmal ist. Ich sehe Selbstzweifel, wo es keinen geben sollte. Ich sehe eine wunderschöne Frau, die vergiftet wurde von falschen Bildern und Gedanken. Und eine Frau, die ihren Wert nicht erkennen kann, durch falsche Menschen in dieser Welt, die glauben ein Urteil darüber fällen zu müssen, was richtig und was falsch ist.“ Du hörst aufmerksam zu.

„Und jetzt zieh deinen Blazer aus“, befiehlt die Frau.

Du tust es und reichst ihn ihr. Sie wirft ihn sich über die Schulter und greift unbekümmert nach den unteren Knöpfen deiner Bluse. Sie öffnet sie bis zur Hälfte und knotet die beiden Enden kurz unter deiner Brust zusammen. Dann krempelt sie deine Ärmel bis zu deinen Ellbogen hoch.

Instinktiv willst du deine Arme vor deinen entblößten Bauch halten, doch die Frau hält dich stirnrunzelnd davon ab.

„Nicht“, sagt sie. „Du bist wunderschön. Du solltest nichts an dir verstecken.“

„Aber – “

„Kein Aber“, unterbricht sie dich erneut. „Schön ist der, der sich selbst liebt. Ein bisschen mehr Körper bestimmt nicht, wer du bist. Kannst du das verstehen? Kannst du verstehen, dass andere deinen Wert nicht bestimmen können?“

Du nickst.

Die Frau blickt nach links. Dort sitzen deine erschöpften Arbeitskollegen. Arbeiten bis zur Erschöpfung und darüber hinaus.

„Willst du wirklich arbeiten? War nicht heute dein freier Tag?“

Du nickst erneut.

„Ich muss für eine Kollegin einspringen“, antwortest du.

„Warum du? Du springst immer ein und machst und tust alles. Liebst du diesen Job überhaupt?“

Unwissend zuckst du mit den Schultern.

„Nein!“, ruft die Frau daraufhin aus. „Nein, das kann ich nicht zulassen. Du wirst nicht dein Leben mit etwas verbringen, was du nicht liebst! Und du wirst nicht dein Leben leben, ohne dich zu lieben!“

Du zuckst erschrocken zusammen, als die Frau ausholt und mit dem Fuß eine Akte durch die Luft tritt, so dass weiße Blätter hoch durch die Luft segeln. Einige wenige Mitarbeiter schauen auf. Andere ignorieren es.

„Was machst du denn?“, zischst du.

„Ich?“, fragt die Frau und tritt die nächste Akte hoch durch die Luft, so dass es erneut weiße Zettel regnet. „Ich lebe. Du solltest es probieren.“

Du zögerst.

„Na los!“, fordert dich die Frau auf. „Es wird nichts Schlimmes passieren, glaube mir.“

Zögerlich drehst du dich zu der letzten verbliebenen Akte um. Du holst Schwung und trittst die Akte durch die Luft.

„JA!“, ruft die Frau aus und reißt freudig ihre Hände in die Luft.

Du musst lachen.

Die Frau geht zum nächstgelegenen Schreibtisch und greift sich einen Stapel Blätter, die sie in die Luft wirft. Begeistert wie ein kleines

Kind, lacht sie darüber. Sie strahlt und dreht sich im Kreis.

Du lässt dich von ihrer Euphorie anstecken. Vom selben Tisch nimmst du ein Etui und schüttest alle Stifte aus, so dass sie verstreut auf dem Boden liegen. Auch du reißt deine Hände in die Luft und wirfst dabei das Etui von dir.

„Wuhu!", rufst du aus.

Und dann beginnt euer Rausch! Ihr dringt tiefer in das Büro ein, werft Stühle um, schleudert begeistert Zettel in die Luft, kippt Ordnerreihen um, springt von Tisch zu Tisch, brüllt und quietscht herum wie spielende Kinder, lacht aus vollem Halse und tanzt, als gäbe es kein Morgen. Die Mitarbeiter gucken euch verdutzt an, doch das stört euch nicht.

Das Büro ist ein Chaos. Überall liegen Zettel verstreut auf dem Boden, zusammen mit Ordnern, Akten, Stiften und leeren Tassen, deren Inhalt über den Boden fließt. Papierblätter segeln durch die Luft! Umgekippte Stühle liegen in den Reihen. Das Glas zerbrochener Schreibtischlampen glitzert auf dem Boden.

Die Mitarbeiter stören euch nicht. Der Großteil steht auf, um euch Platz zu machen, greift aber nicht ein, um euch daran zu hindern, das Büro zu verwüsten. Am liebsten würden sie mitmachen.

„WAS IST DENN HIER LOS?", donnert die Stimme deines Chefs plötzlich hinter dir.

Du hältst inne, als du gerade einen weiteren Stapel Papierblätter in die Luft werfen willst. Du lässt deine Arme sinken, behältst den Stapel jedoch in deiner Hand.

Voller Erleichterung seufzt du. Das breite Grinsen auf deinem Gesicht ist nicht verschwunden. Du fühlst dich frei, ausgelassen. Fühlst dich, als würdest du die ganze Welt umarmen können, und das alles, weil du einmal nur du warst. Alles nur, weil du einmal nicht das getan hast, was andere von dir erwarten. Alles nur, weil du *einmal* das getan hast, was *du* wolltest.

Dein Selbstbewusstsein, das mit dem Erleben von Freiheit und Ausgelassenheit wächst, lässt dich mutig zu deinem Chef hinübergehen – einem älteren Herrn im feinen Anzug, mit ständiger ernster Miene und einem Leben, das sein Vater ihm auferlegt hatte.

Du stellst dich ihm gegenüber, den Stapel Zettel in der Hand.

„Ich kündige", sagst du und wirfst die Zettel in die Luft, so dass sie wild herabregnen.

Das Büro grölt hinter dir! Sie werfen ihre Arme in die Luft und jubeln und schreien. Angeführt von der jungen Frau, die begeistert in ihre Hände klatscht, woraufhin es alle tun. Sie rufen und lachen. Sie nicken und klatschen.

Dein Chef glotzt dich verdutzt an, doch das ist dir egal. Du lächelst ihn nur an und willst dich danach wieder umdrehen, als er dir wütend entgegenbrüllt:

„Sie gehören in eine Anstalt!"

Daraufhin drehst du dich erneut um und antwortest:

„Und Sie in eine Truhe auf dem Meeresboden."

Die Menge hinter dir grölt erneut – nun nur noch lauter.

Zufrieden mit deiner Antwort, lässt du deinen Chef stehen und drehst dich zu der Frau um, die dich zustimmend anlächelt und mit ihrem Kopf nickt. Sie löst sich von der Stelle, kommt zu dir und hakt sich bei dir unter. Ohne ein Wort zu sagen, zieht sie dich zum Ausgang, zum Aufzug.

„Gehen Sie zurück an Ihre Arbeit! Und räumen Sie das Chaos auf!", befiehlt dein ehemaliger Chef wütend seinen verbliebenen Mitarbeitern und geht dann zurück in sein Büro.

Erhobenen Hauptes schreitest du zum Aufzug, glücklich darüber, einen riesigen Schritt gemacht zu haben. Als wäre es der Wille einer höheren Macht, öffnen sich die silbernen Türen des Aufzugs von Zauberhand, so dass ihr gleich hineinschlüpfen könnt. Die junge Frau betätigt den Knopf und die Türen schließen sich.

Du denkst darüber nach, was du gerade getan hast und wie du hier gerade stehst. Es ist ein Neuanfang für dich. Ein erster Schritt in die richtige Richtung. Der erste Schritt zum Losgelöstsein. Zufrieden nickst du. Es fühlt sich richtig an. Es fühlt sich richtig an, du selbst zu sein und nicht darüber nachzudenken, was andere von dir halten. Du wirst es nie allen recht machen können. Aber du kannst es dir recht machen und die Menschen, die dich wirklich lieben, werden dir folgen und dich unterstützen. Du musst dich nicht den Regeln unterwerfen, musst nicht den Vorstellungen der Gesellschaft entsprechen. Sei einfach du selbst – mit deinem Körper, deinen Interessen, deinen Einstellungen, deinem Wesen, deinen Macken, deinen Ideen. Die wirklich echte Welt wird es dir danken.

Du lächelst glücklich und blickst dann zu der jungen Frau hinüber, die die Aufzugtür fixiert.

„Wer bist du eigentlich?“, fragst du.

Und ich drehe mich um und sage zu dir:

„Ich? Ich bin die Freiheit.“

Liebes Ich ...

von **Marina Kryuchkova**

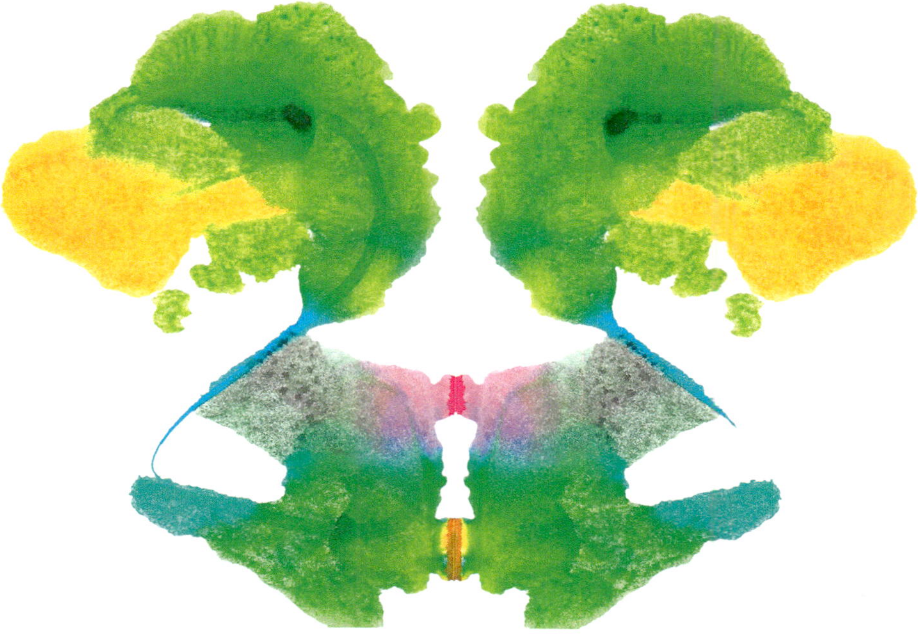

Mai 2019

Endlich ist es soweit! Ich habe diesen Tag schon so lange herbeigesehnt, und jetzt hat das geduldige Warten ein Ende! Mit meinem Schulabschluss steht mir nun die ganze Welt offen! Ich kann reisen oder arbeiten, eine Ausbildung machen, vielleicht sogar studieren, gerade klingt einfach alles sehr aufregend und verlockend! Hauptsache Freiheit und Unabhängigkeit.

An meinem letzten Schultag, bevor wir unsere Abschlusszeugnisse erhielten und die Abschlussfeier losging, hatten wir noch einen letzten gemeinsamen Moment in unserer Klasse. Unsere Lehrerin beglückwünschte uns und richtete einige Worte des Lobes und des Dankes an uns.

„Bevor ich euch in eure wohlverdiente neue Lebensepisode entlasse, habe ich noch eine letzte Aufgabe für euch. Hier liegen buntes Papier und Briefumschläge. Ich möchte, dass ihr einen Brief an euer zukünftiges Ich in einem Jahr schreibt. In einem Jahr kann viel passieren, vielleicht hat der ein oder andere von euch schon seine Ausbildung angefangen oder vielleicht hat ein anderer von euch bereits den Partner fürs Leben gefunden und überlegt sogar, eine eigene Familie zu gründen. Vielleicht wird der ein oder andere von euch ja auch so ein richtiger Weltenbummler oder übernimmt zu Hause den Familienbetrieb! Euch sind keine Grenzen gesetzt und alle Türen stehen offen. Ich würde selbst gerne bei jedem von euch dabei sein, um euer Gesicht zu sehen, wenn ihr den Brief in einem Jahr öffnet. Bitte gebt auf dem Umschlag eine Adresse an, bei der ihr sicher seid, dass ihr den Brief dort im nächsten Jahr noch empfangen könnt. Ihr dürft anfangen!“

Einen Brief an mich selbst schreiben? So etwas hatte ich noch nie zuvor gemacht. Trotzdem stand ich auf und ging nach vorn, um Papier und Briefumschlag auszuwählen.

Was sollte ich nur schreiben? Und wie sollte ich überhaupt beginnen? Hallo … ich? Liebes Ich?

Ich sah mich kurz in der Klasse um. Anscheinend war ich nicht die Einzige, die sich mit der Aufgabe schwertat. Mein Mitschüler neben mir zum Beispiel starrte komplett gedankenverloren auf sein blaues Blatt. Mein Blatt war grün, obwohl Grün nicht zu meinen Lieblingsfarben zählt. Ich dachte, Grün ist immer erfrischend und steht für die Hoffnung. Ich dachte, damit kann ich nichts verkehrt machen, denn wenn man sich nicht sicher ist, wohin es geht, ist es immer gut, Hoffnung zu haben.

Ich beschloss, einfach anzufangen …

April 2020

Heute war wieder ein langer und anstrengender Tag. Eben im Bus, auf dem Rückweg nach Hause, hätte ich beinahe meine Haltestelle verpasst, weil ich eingeschlafen war. Jetzt nach dem Aussteigen kann ich endlich meine Maske abnehmen und frische Luft atmen. Meine ermüdeten Beine setzen sich in Bewegung und tragen mich mit letzter Kraft den Berg hoch, nach Hause. Vor der Haustür machen meine Füße halt und ich zögere. Auch zu Hause gibt es keine Sicherheit.

Jeden Tag werde ich von der Angst begleitet, meine Familie in Gefahr zu bringen. Ich könnte mit den Schuldgefühlen nicht zurechtkommen, wenn sich mein Vater durch meine Unachtsamkeit anstecken würde. Er hat eine Herzkrankheit und erst vor einigen Monaten hatte er einen Schlaganfall.

Ich kann spüren, wie mein Puls ansteigt, während ich auf die Türklinke starre, bis sich die Tür plötzlich ohne mein Zutun öffnet. Meine Mutter winkt mich herein.

Ich fühle, wie eine Last von mir abfällt, so sehr, dass mir Tränen in die Augen steigen. Ich hatte solche Angst, selbst in meinem eigenen Zuhause nicht mehr willkommen zu sein. Aber meine Eltern freuen sich, mich zu sehen, sie warten schon mit dem Abendessen auf mich und wollen sogar von meinem Tag hören. Das tut so unglaublich gut!

Bevor ich mich am Abend auf mein Zimmer schleichen und hinter meinen Serien verstecken kann, ruft mir meine Mutter zu, dass ich Post bekommen hätte, und drückt mir einen grünen Briefumschlag in die Hand, der an mich adressiert ist.

Ich ziehe für einen Moment meine Augenbrauen zusammen und mustere ihn skeptisch, bis ich mich wieder erinnere.

Vor ungefähr einem Jahr hatte ich genau diesen Brief an mich selbst geschrieben. Ahnungslos, naiv, verträumt und hoffnungsvoll. Was ist aus diesem Ich geworden? Und was ist mit meinen Träumen und Wünschen für die Zukunft passiert? Schwache Knie, Schwindel, Schweißperlen: Angst. Da ist sie wieder.

Ich gehe auf mein Zimmer, um allein zu sein, werfe mich aufs Bett und verstecke mich unter meiner großen, grauen Kuscheldecke. Ich will diesen Brief nicht öffnen. Ich will nicht enttäuscht werden und Träume und Hoffnungen begraben müssen. Ich will mir nicht eingestehen oder bewusst machen, was gerade eigentlich Realität ist. Und dass ich heute von meinen Träumen und Zielen noch weiter entfernt bin als vor einem Jahr.

Ich will mir keine Vorwürfe machen über die Entscheidungen, die ich getroffen habe. Ich will nicht an den Gedanken zerbrechen, ich hätte die Dinge und Erfahrungen, die ich erleben wollte, anders planen sollen. Schließlich hat niemand ahnen können, wie die Realität heute aussieht. Ich erinnere mich noch, dass ich mir mehr oder weniger gewünscht hatte, dass man sich an mich erinnert. Und das wird man sicherlich. Vielleicht nicht an mich als eine einzelne Person, aber sicherlich an unsere Gesellschaft in diesen Zeiten. In Zeiten, in denen Schulen und Universitäten geschlossen bleiben und Lernende sich den Lehrstoff zu Hause selbst aneignen. In Zeiten, in denen einstige „Stubenhocker" gesellschaftliche Anerkennung finden und sogar zu Helden der Welt gekürt werden, aber mit ihnen auch alle Kassierer, Krankenhelfer, Ärzte und Altenpfleger. Zeiten, in denen soziale Medien nur Vorteile haben und so viel Zuspruch finden wie sonst nie, da ohne sie gar nichts mehr denkbar wäre. Sogar die Kirche bleibt geschlossen und der Gottesdienst wird nur noch gestreamt, weil Social Distancing angesagt ist.

Man darf sich mit höchstens einer Person treffen und das auch nur mit zwei Metern Abstand, sonst muss man mit einer hohen Geldstrafe rechnen. Keine Konzerte und Festivals, keine Hochzeiten oder anderen Familienfeiern, nicht mal Beerdigungen und erst recht: keine Umarmungen. Keine Versammlungen von 50 oder mehr, dann 20 und jetzt nur zwei. Kein Kontakt mit dem Nachbarn oder unserem Nächsten, weil sie nicht zum eigenen Haushalt gehören. Klebestreifen sind die neuen Grenzpfeiler und dienen dazu, den Abstand zu wahren. In viele Geschäfte komme ich ohne Maske gar nicht mehr rein, sie schicken mich weg, nachdem ich in einer langen Schlange mehr als eine Stunde davor gewartet habe. Selbst bei mir im Supermarkt: Regale mit Klopapier, Nudeln, Mehl, Hefe, Konserven, Desinfektionsmittel – alle in wenigen Minuten leer geräumt.

Hamsterkäufe tagein und tagaus. Rentner stehen vor den ausgeplünderten Regalen mit Tränen in den Augen, weil all die günstigen Produkte ausverkauft sind und sie sich die teure Ware nicht leisten können. An der Kasse wird man behandelt, als wäre man eine wandelnde Seuche. Rückgeld und Kassenzettel werden am äußersten Rand mit Fingerspitzen angenommen, wenn überhaupt. Sogar der Blickkontakt ist nicht mehr gang und gäbe, als könnte man sich darüber nun auch anstecken.

Irgendwann hat mich dieses Verhalten dazu gebracht, dass ich angefangen habe, an mir selbst zu zweifeln. Vielleicht war ich wirklich eine Gefahr für die Gesellschaft, meine Freunde und Familie geworden?

Vielleicht könnte ich am Ende eines jeden Arbeitstages Corona mit nach Hause bringen und meinen kranken Vater gefährden? Und wenn ich kündigen würde, wie sollte sich meine Familie sonst über Wasser halten? Nachdem meine Mutter entlassen wurde, weil ihr Unternehmen insolvent gegangen ist, und mein Vater nicht mehr auf die Arbeit kann, weil er zur Risikogruppe gehört? Und wenn ich erst an meinen kleinen Cousin denke. Wie erkläre ich einem fünfjährigen Kind, das gern Nähe zu anderen Menschen und Gemeinschaft mit anderen Kindern hat, dass Umarmungen und mit anderen zu spielen nicht mehr möglich sind? Was lernt mein kleiner Cousin über diese Welt, in der alle Abstand halten, Masken tragen und vor allem am meisten um ihr eigenes Wohl besorgt sind? Wie stark wird das seine soziale Kompetenz schädigen? Und ich kann nur erahnen, wie es meiner Tante und meinem Onkel gerade gehen muss, die plötzlich nicht nur ihren gewohnten Jobs von zu Hause aus nachgehen, sondern auch ungewollt zu Lehrern werden und ihre zwei Kinder betreuen müssen.

Jeden Tag von Ängsten begleitet zu werden, fordert so viel Kraft. Es gibt nicht einmal Orte, an die man flüchten kann, um sich abzulenken, außer vielleicht in die Natur. Was bleibt einem übrig, als sich diesen Ängsten zu stellen? Jeder Tag ist ein Kampf und ein Gebet.

Pharmazieunternehmen haben ihre Produktion zum Großteil auf Desinfektionsmittel umgestellt, weil die Nachfrage so groß ist. Anleitungen zum Maskennähen werden verteilt. Man sieht Menschen mit Gummihandschuhen. Und all diese Dinge werden zum Teil überteuert verkauft. Bis auf Supermärkte und Apotheken hat alles zu, Kinos, Theater, Bibliotheken, Institutionen wie Schulen und Universitäten, Parks, Spielplätze, Altenheime, sogar McDonalds. Einfach alles. Meine Oma, die Demenz hat und palliativ betreut wird, darf ich nicht einmal sehen, obwohl jeder Moment ihr letzter sein könnte. Schon wieder Angst. Angst, mich nicht richtig verabschieden zu können. Und Sorge. Sorge darum, sie nicht mal richtig beerdigen zu können.

Mein Vater, der so gerne Fußballspiele schaut, kann nicht mal darin Trost finden, weil die Bundesliga erstmals vor einem leeren Stadion gespielt und danach ganz auf Pause gedrückt hat. Sogar die Fußball-Europameisterschaft und die Olympischen Spiele wurden verschoben und der Eurovision Songcontest gestrichen. Menschen, die Unternehmen haben, Selbständige und Künstler wie meine beste Freundin trifft es finanziell sehr hart. Als freiberufliche Hochzeitssängerin wurden ihr alle Auftritte für die nächsten Monate abgesagt. Der Aktienkurs war noch nie so niedrig seit 9/11. Selbst der Benzinpreis ist auf 1,01 Euro gesunken. Die Wirtschaft befindet sich in einer Krise, die Produktion von Autos wurde eingestellt, Menschen werden entlassen oder in Kurzarbeit geschickt, viele sind auf staatliche Unterstützung angewiesen. Der Tourismus ist zum Erliegen gekommen, Grenzen sind geschlossen, keine Flugzeuge mehr am Himmelszelt. Auf der ganzen Welt stecken Menschen irgendwo fest und wollen nur nach Hause zu ihren Familien. Jeder, der gerade seinen Abschluss macht, hat nicht mehr die gleichen Möglichkeiten, die ich vor einem Jahr noch hatte, geschweige denn die gleichen Freiheiten. Die WHO erklärt die Epidemie zu einer Pandemie, die exponentiell weiter ansteigt. Es herrscht ein Mangel an Pflegekräften, weltweit etwa sechs Millionen. Auf der ganzen Welt sind heute insgesamt 1.350.841 Menschen infiziert. Menschen in Italien und anderen Ländern treffen sich auf den Balkonen, um gemeinsam zu musizieren.

Die Natur hat Zeit, sich minimal zu erholen. Wildtiere im Stadtpark und kristallklares Meerwasser an einstigen Touristenstränden.

Ich liege immer noch auf meinem Bett und starre die Zimmerdecke an. Was auch immer ich damals geschrieben hatte, so habe ich mir mein Leben sicherlich nicht vorgestellt. Ich atme tief ein und aus und noch mal ein und noch mal aus. Das mache ich noch ein paar Mal, bis ich irgendwo in mir den Mut finde, den Brief zu öffnen und meine Träume und Wünsche unter diesen ganzen Trümmern zu suchen. Langsam und vorsichtig fahre ich mit meiner Fingerspitze unter die Versiegelung des Umschlags. Es strömt mir unerwartet ein schwacher, etwas eigenartiger und doch bekannter Duft entgegen und ich atme ihn tief ein. Ein kleines Grinsen schleicht sich in mein Gesicht. Löwenzahn. Er wuchs überall kreuz und quer an unserer Schule. Ich erinnere mich sogar daran, wie unser Hausmeister darüber klagte, wie hartnäckig er sei, und bezeichnete ihn sogar als Unkraut. Der Löwenzahn suchte sich tatsächlich die unschönsten Orte aus, wo weit und breit nicht mal ein Grashalm zu sehen war, und blühte einfach vor sich hin, rings um das ganze Schulgebäude. Ich habe ihn damals immer in meinen dicken Schulbüchern trocknen lassen und irgendwo draufgeklebt. Doch jetzt war er irgendwie in meinem Umschlag gelandet. Anscheinend hatte ich ihn vor einem Jahr mit hineingelegt. Diese lebhafte Erinnerung schenkt mir ein leichtes Gemüt und den Mut, meinen Brief zu lesen.

Liebes Ich,

du hast schon so lange auf diesen Tag gewartet. Heute schließt du mit der Schule ab und gleitest in die reale Welt. Du hoffst, dass du jetzt Freiheiten genießen kannst, Selbstbestimmung und spannende Abenteuer,

die das Erwachsenwerden mit sich bringt. Aber gleichzeitig spürst du gerade auch etwas Angst vor dem Ungewissen, und obwohl die Schule nicht der liebste Ort war, an dem du deine Zeit verbracht hast, ist da nun auch ein bisschen Wehmut in dir.
Ich frage mich, ob ich noch bei meiner Familie wohnen werde, wenn du diesen Brief liest. Und auch, ob mein Freundeskreis erhalten bleibt.
Hast du Angst davor, dich zu sehr zu verändern oder nicht genug?
Mein Traum ist es, etwas zu tun, woran man sich erinnert. Einen Beitrag für die Menschheit leisten eben. Etwas Innovatives.
Gleichzeitig würde ich am liebsten eine Ausbildung anfangen und Geld verdienen, um auf eigenen Beinen stehen zu können, etwas für die Zukunft zu investieren und zum großen Teil auch, um die Welt zu bereisen.
Ich kann mir sogar vorstellen, für eine Weile in einem anderen Land zu leben. Neue Menschen kennenlernen, das liegt mir auch sehr. Und daran soll sich nichts ändern, genauso wenig wie daran, alte Freundschaften zu pflegen.
Okay, genug mit der Träumerei, Ideen für meine Zukunft habe ich jetzt wohl genug gesammelt. Nun möchte ich mir auch Ziele setzen: Im nächsten halben Jahr will ich viel mit Freunden unternehmen und meine Freizeit genießen. Ich will den Sommer auskosten und mich von meinem Schulleben erholen. Auf gar keinen Fall will ich direkt irgendwo arbeiten oder weiter lernen. Erst mal richtig zelebrieren, dass ich meinen Abschluss habe, und meine Jugend feiern.
In einem Jahr will ich ein bisschen gereist sein. Etwas mehr gesehen haben als nur Deutschland und Europa. Außerdem will ich einen Job gefunden haben, bei dem ich mir gut etwas zur Seite legen kann, um in einem weiteren Jahr eine größere Reise zu unternehmen. Ich will mindestens einmal auf alle Kontinente reisen.
Erst danach will ich eine Ausbildung anfangen. Also in etwa 1,5 Jahren. Irgendwo dazwischen sollte ich auch natürlich jemanden kennengelernt

haben, mit dem ich irgendwann eine Familie gründen kann. Schließlich will ich noch nicht mal 25 sein, wenn wir unser erstes Kind haben.
Und am besten ziehe ich zu Beginn meiner Ausbildung auch in meine erste eigene Wohnung.
Diesen Brief wirst du vermutlich erst in einem Jahr wieder sehen und lesen. Wahrscheinlich wirst du vor allem darüber lachen, wie albern deine Träume und Ziele damals waren oder vielleicht auch stolz darauf sein, wenn du etwas davon verwirklicht hast.

Genieße deine Zeit und bis bald!
Du

Ich lege den Brief beiseite und verkrieche mich zurück unter meine Decke. Das kann doch einfach alles gar nicht wahr sein! Ich fühle mich, als hätte mir jemand gewaltsam den Boden unter den Füßen weggerissen. Völlig haltlos. Die Erinnerung an meine Freude und meinen Tatendrang von damals zerbricht, als mir klar wird, dass ich mein Leben komplett umkrempeln muss. Ich lasse mir doch nicht gefallen, dass mir irgendjemand oder irgendwas meine Lebenspläne einfach so zertrümmert! Noch ist es nicht zu spät, meinen Zielen nachzujagen! Also greife ich mir hastig meinen Laptop und googele nach Flugtickets, Visa und Einreisebestimmungen. Zwei volle Stunden gehen für meine Recherche drauf. Zwei volle Stunden, in denen ich nur meine Zeit verschwende. Es ist einfach aussichtslos. Wenn es überhaupt Flüge gibt, sind sie für mich unbezahlbar, außerdem nehmen die meisten Unterkünfte keine Gäste mehr auf und ich stoße immer wieder auf Einreiseverbote. Wenn ich jetzt irgendwohin fahren würde, könnte ich ohnehin nichts anderes machen als zwei Wochen in Quarantäne festzusitzen.

Tränen durchströmen meine Augen und laufen wie ein Wasserfall meine Wangen hinunter. Den Brief an mich selbst gelesen zu haben, führt mir nur noch mehr vor Augen, wie sehr ich meine Ziele erreichen will. Warum wird mir mein größter Traum verwehrt?!

Doch nachdem ich mehr als zwei Stunden damit zugebracht habe, meinen Traum zu retten, geht es mir jetzt noch schlechter. Ich muss meinen großen Traum loslassen, für eine ziemlich lange Zeit, wenn nicht sogar für immer. Selbst wenn ich krampfhaft versuchen würde, mich an meine übrigen Ziele im Brief zu klammern, wie zum Beispiel die Ausbildung, hätte ich keine Zeit mehr für meine Reise durch die Kontinente, geschweige denn das Geld dafür, und wenn ich eine Familie gegründet habe, erst recht nicht. Keiner weiß, wie lange dieser Zustand anhält und was danach alles möglich sein wird. Auch wenn das Reisen wieder möglich wäre, wäre es bestimmt nicht mehr wie früher, und vor allem kostspieliger. Dabei hält sich meine Familie jetzt schon gerade so über Wasser und das auch nur durch meinen Beitrag. Man verdient nicht viel, wenn man im Supermarkt arbeitet, das ist wohl kein Geheimnis, aber es ist auch nicht der Job, den ich mir vorgestellt hatte auszuüben. Eigentlich wollte ich bei verschiedenen Events mithelfen, sie zu planen und zu organisieren und aufzubauen. Das war meine Chance, neue Fähigkeiten zu entwickeln, Orte und Menschen kennenzulernen und kostenlos bei diversen Veranstaltungen dabei zu sein.

Aber ich bin selbst schuld. Ich habe die Zeit nach meinem Abschluss ziemlich vertrödelt und wenig von dem umgesetzt, was ich mir vorgenommen hatte. Abgesehen von den vielen Unternehmungen mit meinen Freunden und dem Genießen meiner Freizeit. Und als ich mich schließlich für den Job als Eventmitarbeiter bewerben wollte, wurden alle Events abgesagt. Viele Unternehmen entließen ihre Leute und geplante Neueinstellungen wurden auf Eis gelegt. Da blieb mir dann kaum etwas anderes übrig, als die Arbeit im Supermarkt zu übernehmen oder den Essenslieferanten zu spielen.

Zu den Tränen, die noch immer meine Wange hinunterrollen, gesellt sich nun auch ein Schluchzen hinzu. Im Supermarkt auf unbestimmte Zeit zu arbeiten ist sehr erschöpfend, und mich stresst der Gedanke, da nie wieder rauszukommen und nie etwas anderes versucht zu haben. Meine Ausbildung wollte ich nämlich nicht im Einzelhandel machen, aber die bis jetzt abgelehnten Bewerbungen lassen meine Hoffnung auf andere Chancen schwinden. So viel steht fest: Ich habe Zeit vertrödelt, arbeite nicht in dem Job, den ich mir vorgestellt habe, verdiene nicht genug, um davon reisen zu können. Und ich könnte derzeit auch gar nicht reisen, selbst wenn ich das Geld dafür hätte. Ich wohne immer noch bei meinen Eltern, weil sie auf meine Unterstützung angewiesen sind, und für die Stellen, auf die ich mich für eine Ausbildung beworben habe, habe ich Absagen erhalten. Einen Lebenspartner habe ich auch noch nicht gefunden, weil das Kennenlernen heute mit dem ganzen Social Dictancing nicht mehr so einfach ist wie noch vor einem Jahr, und auf Dating-Portale will ich mich nicht einlassen. Es sieht also so aus, als könnte ich meinen ganzen Lebensplan in die Tonne werfen. Keiner weiß, wie es weitergeht, es gibt keine einheitlichen Meinungen und das Schlimmste dabei ist, dass alles auf unbestimmte Zeit stillsteht.

Es könnte noch mehrere Monate so weitergehen, aber vielleicht auch Jahre oder gar Jahrzehnte. Und wie mögen sich wohl erst diejenigen fühlen, die es noch viel schlimmer haben als ich? Ich kann einfach nicht aufhören zu weinen. Meine Gedanken greifen mich und meinen Selbstwert an. Meine Augen sind inzwischen rot und geschwollen und ich weigere mich, erneut in den Spiegel zu sehen. Ich weiß einfach nicht mehr weiter.

Dieses Ereignis hat meine Welt erschüttert und ob ich will oder nicht, ich muss der Realität ins Auge blicken: Um wieder nach vorn sehen zu können, muss ich meinen alten Lebensplan aufgeben.

August 2020

Heute ist mein freier Tag. Ich beschließe ihn dazu zu nutzen, Dinge in meinem Zimmer auszusortieren. Ich habe seit meinem Schulabschluss so viele Sachen angesammelt, und auch viele Kleidungsstücke, die ich nicht mehr trage. Es ist also höchste Zeit, mich von diesen überflüssigen Dingen zu trennen. Vielleicht kommen sie ja noch jemand anderem zugute.
Nachdem ich den halben Tag damit zugebracht habe, mich durch meinen Kleiderschrank zu arbeiten, habe ich nun nicht mehr sonderlich viel Kraft übrig. Zum Glück bleibt nur noch der Schreibtisch. Als ich mich daranmache, die Schubladen auszuräumen, finde ich meinen Brief wieder. Ich halte ihn eine Weile in der Hand und sehe ihn an. Dann beschließe ich, einen weiteren Brief an mich zu schreiben. Vielleicht hilft mir das, alles besser zu verarbeiten.

Liebes Ich,

obwohl dieses Jahr anders als die anderen war, stürzte der Frühling dennoch durch die Tür, als hätte es ihn gar nicht groß gekümmert, was so alles um ihn herum geschah. Nach wie vor blühten die Blumen, die schönen Kirschbäume verströmten ihren süßen Duft, überall verwandelte sich alles in ein sattes Grün. Die Vögel ließen ihre Lieder erklingen

und die Sonne zeigte uns weiterhin Tag für Tag ihr Angesicht. Ich kann mir nicht vorstellen, dass einem etwas mehr Trost schenken kann als die Schönheit, die die Natur zu bieten hat.
Liebes Ich, so schön uns die Welt auch erscheinen mag, möchte ich dich darauf aufmerksam machen, dass unsere Sicherheit jedoch nicht in dieser Welt ist. Kein Gegenstand, kein Ort oder politisches System kann uns diese Sicherheit versprechen, denn wir sind verwundbar. Selbst unsere starke und wertvolle Umwelt. Kein Stein hält ewig auf dem anderen. Und es gibt auch nichts, das wir mitnehmen können, wenn wir nicht mehr da sind.
Vor einigen Monaten ist mein Lebensplan einfach so zusammengefallen, als sei er ein Kartenhaus gewesen. Ich hätte es nicht für möglich gehalten, mich in so einer Situation wiederzufinden, und deswegen wollte ich mich anfangs auch dagegen wehren, ich wollte Dinge krampfhaft ändern und so hinbiegen, wie ich es ursprünglich vorgehabt hatte. Aber zum Glück habe ich es nicht geschafft.
Ich habe mich nach dem Lesen meines Briefes ziemlich geschämt und mir auch die Schuld dafür gegeben, ein ganzes Jahr fast einfach nur vertrödelt zu haben. Doch plötzlich kam mir ein wichtiger Gedanke, der mich wieder aufbaute: Sofern es mir gut geht, ich Spaß habe und meine Zeit genieße, kann das Jahr nicht verschwendet sein. Und genau so war es. Ich habe damit ein Ziel erreicht, das ich mir nach meinem Abschluss gesetzt hatte: meine Zeit zu genießen, und wenn es auch das Einzige war, das mir gelungen ist. Ich bereue es nicht mehr, denn ich hatte eine gute Zeit. Und sie war nicht vertan, weil ich glücklich war.
Meine Arbeitsstelle ist nicht gerade der Traumjob, nach dem ich mich schon immer gesehnt habe, aber um ehrlich zu sein, kann ich eigentlich nur von Glück sprechen, überhaupt an die Arbeit im Supermarkt gekommen zu sein, wenn man bedenkt, wie viele Menschen sich verzweifelt für diese Stelle beworben haben.

Neulich erst, als ich spazieren war und an meiner alten Schule vorbeikam, konnte ich den Löwenzahn bereits von Weitem erkennen. Ich musste schmunzeln, denn egal was passierte, auf den Löwenzahn war immer Verlass. Ich weiß nicht warum, aber es machte sich plötzlich ein warmes Gefühl in mir breit und ich war dankbar dafür, dass diese Blumen so treu und hartnäckig vor sich hin blühten. Ich trat näher an sie heran und entdeckte mitten unter ihnen eine schöne, runde Pusteblume, die mich mit ihrer Pracht förmlich dazu einlud, an ihr zu pusten.
Diesem Empfinden ging ich nach und pflückte sie, um ihre wunderschönen Samen einfach dem Wind zu überlassen. Ich schloss meine Augen und dachte an alles, was in letzter Zeit vorgefallen war: an den Brief, an meine verschütteten Träume, an die Sehnsucht danach. Und dann ließ ich alles mit einem Atemzug einfach los. Etwas, das wir in dieser Zeit unbedingt brauchen, ist die Brille der Dankbarkeit.
Am besten wäre es, du würdest sie aufsetzen und niemals wieder abnehmen. Sie macht alles so viel einfacher, wertvoller und schöner! Stell dir vor, dein Leben würde sich in deinen schlimmsten Alptraum verwandeln, aber wenn du darin wenigstens eine Sache findest, für die du dankbar bist, dann hast du wirklich gesiegt und jede noch so schlimme Situation wird von ganz viel positivem, weichen und warmen Licht durchflutet.
Egal was auch geschieht, ich will dich dazu ermutigen zu glauben, dass alles, was passiert, zum Besten dient. Und dass am Ende alles gut wird, und wenn es noch nicht gut ist, dann ist es noch nicht das Ende.
Und ja, vielleicht hast du Gelegenheiten verpasst und manche Geschichten verbockt, aber ich bin sicher, dass unter all den Entscheidungen, die du getroffen hast, auch viele gute waren. Und du standest vor so vielen! Ich glaube, dass uns diese Zeit herausfordert, geduldig, aber auch flexibel und spontan zu sein. Finde verschiedene und neue Wege, deine Ziele zu verwirklichen! Manchmal sind es tatsächlich Umwege, die sich später

als Wege erweisen. Spontanität ist das A und O, um in dieser Welt zurechtzukommen.
Schließlich bin ich auch zu der Erkenntnis gekommen, all meine Kraft, meine Zeit und mein ganzes Sein in Beziehungen zu investieren. Ich habe die Erfahrung gemacht, dass gute Beziehungen mich nicht nur übers Wasser tragen. Sie erbauen mich, helfen mir und inspirieren mich. Es ist ein Geschenk zu wissen, dass egal wie sehr man sich selbst ins Schlamassel hineinreiten könnte, es Menschen gibt, die es nicht einmal soweit kommen lassen, dass man in den Sattel steigt. Und ganz wichtig ist: Hab keine Angst. Sei stark und mutig. Du bist es wert, das Leben, das du hast, zu gestalten und zu genießen.

Dein dich liebendes Ich

Auf ewig mein

von **Sandra Wiedemann**

Das Zwitschern der Vögel vor dem offenen Fenster weckt mich. Noch bevor ich die Augen öffne, wird mir bewusst, wo ich bin. Der vertraute Geruch verrät es mir. Dein Geruch, der alles einhüllt.

Mit geschlossenen Augen bleibe ich noch eine Weile liegen. Ich möchte diesen kostbaren Moment ausdehnen – am liebsten bis in alle Ewigkeit. Will mich süßen Erinnerungen hingeben, anstatt zurück in die kalte, traurige Realität zu kommen. Noch ganz genau erinnere ich mich an ein Zitat aus dem Buch „Der träumende Delphin". Meine Mutter, die ein Faible für spirituelle Dinge hatte, hat mir als Kind oft daraus vorgelesen.

Vielleicht bedeutet Liebe auch lernen, jemanden gehen zu lassen, wissen, wann es Abschied nehmen heißt. Nicht zulassen, dass unsere Gefühle dem im Weg stehen, was am Ende wahrscheinlich besser ist für die, die wir lieben.

Zwar hat Mama sich das selbst nicht zu Herzen genommen. Loslassen konnte oder wollte sie mich nämlich überhaupt nicht. Ganz im Gegenteil. Nach dem Selbstmord meines Vaters hat sie sich regelrecht an mich geklammert und alle Hoffnungen und Sehnsüchte auf mich projiziert. Auch solche, für die ein zwölfjähriger Junge nicht zuständig sein sollte – und der eigene Sohn schon gleich gar nicht! Hinterher beteuerte sie immer, dass meine Nähe wie Balsam für ihre Seele sei und ein großer Trost nach dem Verlust von Papa. So brachte ich es beim nächsten Mal nicht über mich, mich zur Wehr zu setzen und sie abzuweisen. Redete ich mir doch ein, dass das, was ich im dunklen Schlafzimmer mit mir machen ließ, ein Zeichen meiner tiefen Liebe sei.

Und geliebt hab ich sie ja, Mama. Mehr als alles andere auf der Welt. Wobei meine Auswahl zugegebenermaßen auch nicht besonders groß war. Doch unser Verhältnis zueinander ging über eine gesunde Mutter-Kind-Beziehung weit hinaus. Obsession würde es wohl eher treffen. Ruhe hatte ich erst, als Mutter bei einem Treppensturz ums Leben kam. Ab diesem Zeitpunkt war ich frei – aber auch sehr einsam. In dem Heim, in dem ich anschließend unterkam, mieden mich alle. Ich war und blieb der ewige Außenseiter. Auch später, als ich meine Ausbildung zum Buchhalter absolvierte, wurde es nicht besser. Die anderen hielten mich für einen Freak, wollten nichts mit mir zu tun haben. Sie gaben mir das Gefühl, nicht richtig zu sein, als stimme etwas nicht mit mir. Vermutlich hatten sie Recht.

Doch dann hab ich dich getroffen. Ganz unverhofft, bei einer meiner täglichen Joggingrunden im Park. Verschwitzt und atemlos bin ich dir über den Weg gelaufen – im wahrsten Sinne des Wortes. Und du … du hast irgendetwas in mir gesehen. Etwas Besonderes. Du hast mir das Gefühl gegeben, es wert zu sein, geliebt zu werden. So lange, bis ich es beinahe selbst glaubte. So wirklich hab ich allerdings nie verstanden, was du ausgerechnet an mir gefunden hast. Womit ich dich verdient hatte. Aber du hast meinem Leben einen ganz neuen Sinn gegeben – und mir meinen Selbstwert. Die drei Jahre mit dir waren die schönsten meines Lebens. Genau genommen waren sie die einzige Zeit, in der ich überhaupt jemals wirklich glücklich war. Dafür werde ich dir für immer dankbar sein.

Jetzt aber ist es an der Zeit, dich loszulassen, so weh es mir auch tut. Du wirst nicht zu mir zurückkommen, das ist mir bewusst. Jetzt nicht mehr. Umso mehr bedeutet es mir, dass ich noch eine letzte Nacht mit dir verbringen durfte. Neben dir. Angerührt hab ich dich nicht. Wir sind ja kein Paar mehr, und das respektiere ich. Darum habe ich dich auch nicht umgezogen, als du gestern Abend entkräftet in die Kissen gesunken bist. So trägst du jetzt noch das kurzärmlige, fliederfarbene Strickkleid, das ich so an dir mag. Das deine traumhafte Figur betont, gleichzeitig aber fast züchtig wirkt.

Liebevoll betrachte ich dich, wie du da liegst, so unschuldig. Studiere dein ebenmäßiges Profil, das ich in- und auswendig kenne. Bewundere, wie schon unzählige Male zuvor, deine blonden Locken. „Meine Schöne", hab ich dich immer genannt. Ein Begriff, der deinem Anblick bei Weitem nicht gerecht wird. Ich widerstehe der Versuchung, dich zu berühren, dir sanft über die Wölbung deiner Brüste zu streichen. Ignoriere meine Männlichkeit, die sich zwischen meinen Beinen regt.

Leise, fast geräuschlos, klettere ich aus dem weichen Boxspringbett und tappe barfuß hinüber in die Küche. Den Weg dorthin kenne ich ja im Schlaf. Heute jedoch werde ich kein Frühstück für zwei zubereiten, das ich dir anschließend im Bett serviere. Diese Zeiten sind vorbei, auch wenn es mir das Herz zerreißt. Doch bestimmt hast du nichts dagegen, wenn ich mir noch eine Tasse Kaffee aus dem Vollautomaten mache. Ich brauche noch ein paar ruhige Momente, um alles Revue passieren zu lassen und mich innerlich auf den endgültigen Abschied vorzubereiten, der unweigerlich bevorsteht.

Als ich wenig später vor dem koffeinhaltigen Heißgetränk sitze, dessen verlockender Duft meine Lebensgeister weckt, lasse ich den gestrigen Abend noch einmal vor meinem inneren Auge ablaufen.

Anfangs war die Stimmung zwischen uns sehr seltsam gewesen. Befangen ... irgendwie fremd. Kein Wunder! Waren doch mehr als drei Wochen seit unserer letzten Begegnung vergangen, und die hatte damals nicht im Guten geendet. Ganz im Gegenteil. Wutentbrannt war ich aus deinem Haus gestürmt, blind vor Tränen. Hattest du mir doch schuldbewusst gebeichtet, dass du dich in einen anderen verliebt hättest und deshalb unsere Beziehung beenden müsstest. Drei gemeinsame Jahre – einfach weggeworfen wegen einer Liebschaft! Das alleine wäre schon absolut schlimm für mich gewesen. Aber wer es war, den du dir ausgeguckt hattest ... das war einfach zu viel des Guten!

Wie konnte ich auch so … absolut dämlich sein, ihn dir vorzustellen? Das hab ich mich im Nachhinein oft gefragt. Ich hätte wissen müssen, dass ich gegen ihn keine Chance habe.

Martin. Mein Cousin. Er ist all das, was ich nicht bin. Selbstbewusst. Humorvoll. Risikofreudig. Schlagfertig. Durchtrainiert. Charismatisch. Beliebt bei den Frauen, bei denen er grundsätzlich nichts anbrennen lässt. Und bestimmt auch ein umwerfender Liebhaber. Da bin ich mir fast sicher. Wahrscheinlich liegt es an den Genen, versuchte ich mich selbst zu trösten. Denn schon unsere Väter hätten unterschiedlicher nicht sein können. Mein Onkel Georg, der erfolgreiche Geschäftsmann. Wusste, wo es im Leben langging. Überließ nichts dem Zufall. Aalglatt. Eiskalt. Ein Frauenschwarm.

Sein Bruder – mein Vater – hingegen war introvertiert, beinahe verklemmt, mit großen Selbstzweifeln. Ein eher ängstlicher, melancholischer Typ, der zu Depressionen neigte. Letztere suchten ihn auch heim, als er mit seinem Kurzwarenladen Insolvenz anmelden musste. Er beschloss, frühzeitig abzutreten, indem er vor einen Zug sprang. Meine Mutter und mich ließ er mittellos und mit der Schande zurück. Aber ich schweife ab …

Mein Cousin und ich hatten lange keinen Kontakt zueinander gehabt. Ansonsten hättet ihr euch womöglich früher kennengelernt und ich dich schon eher verloren. Eines Tages jedoch waren wir uns zufällig in der Stadt über den Weg gelaufen, als Martin gerade einen Geschäftstermin hier gehabt hatte. Aber vielleicht war es auch Schicksal? Jedenfalls hatten wir uns zu einem gemeinsamen Abendessen verabredet. Ein verhängnisvoller Fehler …

Wie stolz war ich gewesen, dich als Partnerin an meiner Seite präsentieren zu können. Wie sehr hatte es mein schwaches Ego gestreichelt. Doch bereits an diesem Abend beschlich mich das ungute Gefühl, dass da etwas in der Luft lag. Zwischen euch beiden. Ich wollte es mir nicht eingestehen … Martins herausfordernde Blicke, die er dir zuwarf … verheißungsvoll … dein koketter Augenaufschlag … schüchtern, und doch vielversprechend … Du hast dich bemüht, dir nichts anmerken zu lassen … doch ich hab damals schon gespürt, dass dieser Abend irgendetwas bei dir verändert hat. Als du dich in den folgenden Wochen merklich von mir distanziert hast … öfter einmal keine Zeit hattest, dich mit mir zu treffen … verstärkte das mein ungutes Gefühl. Auch im Bett … okay … das war zugegebenermaßen immer schon ein schwieriges Thema bei uns gewesen, was bisher nicht an dir gelegen hatte …

Jedenfalls hätte es mich nicht wirklich wundern sollen, als du mir eines Abends die Wahrheit gestanden hast. Hat es auch nicht – wenn ich ganz ehrlich zu mir selbst bin. Trotzdem war es wie ein Schlag ins Gesicht! Ich hab mich gefühlt, als hätte mir jemand das Herz aus dem Körper gerissen und es in unzählige Einzelteile zerfetzt. Der Schmerz, den ich an diesem Abend empfand, den wünsche ich nicht meinem ärgsten Feind! Ich bin in die nächste Bar geflüchtet und hab mich zum ersten Mal in meinem Leben hemmungslos betrunken. Als jemand, der nur sehr selten Alkohol trinkt, brauchte es dazu nicht wirklich viel. Und als ich genug hatte, hab ich einfach weiter getrunken. Bis ich in der schmuddeligen Toilette schließlich die Kloschüssel umarmte. Du hast mir nicht gesagt, wie oft du dich heimlich mit Martin getroffen hast, ob bereits etwas zwischen euch gelaufen war … und ich wollte es gar nicht wissen. Weil ich mir die Antwort denken konnte.

Ich wollte nur weg von dir, ganz weit weg, und dich am besten nie wiedersehen. Doch in den darauffolgenden drei Wochen, in denen ich gelitten habe wie ein Hund und mich gleichzeitig vor Sehnsucht nach dir verzehrte, kamen mir einige Male die Worte meiner Mutter in den Sinn. Sie hat immer gesagt, dass man eine Sache abschließen soll, um frei zu sein für die Zukunft. Und genau so, wie ich die Sache mit ihr eines Tages abgeschlossen hatte – wenn auch auf die unsanfte Tour – möchte ich jetzt auch die Sache mit dir abschließen. Darum bin ich hier. Dass du meiner Bitte nach einem Treffen gleich nachgekommen bist, hat mich positiv überrascht und war mehr, als ich mir erhofft hatte. Seit jenem verhängnisvollen Abend, der damit endete, dass die Tür hinter mir ins Schloss donnerte, hatten wir ja keinerlei Kontakt mehr. Ich mache mir aber keine Illusionen. Deine Bereitschaft hängt sicher zum großen Teil damit zusammen, dass Martin dir in den letzten Tagen die kalte Schulter gezeigt und nicht mehr auf deine Nachrichten reagiert hat. Diesbezüglich hast du mir gestern Abend dein Leid geklagt – bestimmt in der Hoffnung, ich als sein Cousin könne dir weiterhelfen. Du armes Ding! Scheinst ja wirklich bis über beide Ohren verliebt zu sein in diesen ... Hallodri. Beinahe hast du mir leidgetan ... aber nur fast. Karma vergisst eben nicht. Ja – ich hätte dir sagen können, was vermutlich der Grund für Martins Rückzug ist. Doch du musst deine eigenen Erfahrungen machen. Das konnte und wollte ich dir nicht ersparen. Und so hat sich der gestrige Abend schließlich gedreht zu meinen Gunsten. Nach meinem Versprechen, ihm auszurichten, er solle sich bitte bei dir melden – sofern ich die Gelegenheit dazu bekäme – konnten wir uns endlich auf uns beide konzentrieren. Die Flasche Wein, die ich mitgebracht hatte, war ruckzuck leer, was die Stimmung zwischen uns deutlich gelockert hat. Bei Klängen von Bon Jovi haben wir nebeneinander gesessen und uns ausgesprochen. Genauer gesagt, hab ich dir mit schwerer Zunge etwas von meinen Gefühlen vorgelallt. Innerlich aufgewühlt, wollte ich dich schließlich an mich ziehen und ganz fest halten. Hab mich so danach gesehnt, deinen wohlgeformten Körper noch einmal zu streicheln, deinen süßen Duft noch einmal einzuatmen. Offensichtlich leider ein einseitiges Verlangen. Du hast dich nämlich sofort verkrampft und mich abgewehrt. Dein Blick dabei sprach Bände. Geschockt, beinahe anklagend. Obwohl du angeheitert vom Alkohol warst und frustriert wegen Martin, hast du nicht zugelassen, dass wir uns näherkommen. In vino veritas! In diesem Moment musste ich den Tatsachen endgültig ins Auge blicken: Es wird kein Zurück für uns geben. Unsere gemeinsame Zeit ist vorbei. Und hier schließt sich der Kreis. Genau deshalb bin ich jetzt hier, wird mir wieder schmerzhaft bewusst. Ich will … muss dich loslassen.

Heiße Tränen strömen mir über die Wangen, tropfen in die Kaffeetasse vor mir. Ich schluchze hemmungslos. Nur einige schwache Momente lang, dann hab ich mich wieder im Griff.

Es ist, wie es ist. Ich muss mich damit abfinden. Wie heißt es so schön im Volksmund? „Andere Mütter haben auch schöne Töchter." Wenn ich das hinter mir habe … das mit uns … dann werde ich frei sein. Zumindest in der frommen Theorie. Wie die Praxis dann aussehen wird … ob ich jemals wieder eine Frau lieben kann wie dich … ob ich es überhaupt will … das steht in den Sternen. Die Zeit wird es zeigen. Die Zeit, die doch angeblich alle Wunden heilt. Erst einmal muss ich lernen, wieder alleine zu sein. Sicher kein leichtes Unterfangen, nach den drei wunderschönen, intensiven Jahren mit dir. Aber ich werde es schaffen! Ich hab doch schon ganz andere Dinge überstanden. Meine verkorkste Kindheit … die Zeit im Heim …

Mein Herz krampft sich zusammen. Ja – ich musste schon früh lernen die, die ich am meisten im Leben liebte, loszulassen. Viel zu früh! Beim Gedanken an meine Mutter kommt mir ein Spruch in den Sinn, den sie gerne verwendet hat: „Narben auf dem Körper sind Zeichen, dass man gelebt hat. Narben auf der Seele sind Zeichen, dass man geliebt hat."

Das ist mein Stichwort! Ich erhebe mich, hole das Tranchiermesser aus der Küchenschublade, das wir beide so oft zum gemeinsamen Kochen benutzt haben. Dann schiebe ich meinen blassgrünen Pullover hoch bis zu den Brustwarzen. Entschlossen setze ich die scharfe Klinge knapp unterhalb des Bauchnabels an. Dort, neben den zwei Narben – einer älteren, nicht mehr so deutlich sichtbaren, und einer ganz frischen, noch blutverkrusteten – lasse ich das Messer mit sanftem, aber bestimmtem Druck einige Zentimeter durchs Fleisch fahren. Der Schmerz dabei ist vertraut und irgendwie beruhigend. Überdeckt er doch für kurze Zeit meine seelischen Schmerzen. Fasziniert betrachte ich, wie frisches, rotes Blut aus der Wunde quillt. Bevor es auf den Boden tropfen kann, zücke ich ein Papiertaschentuch und drücke es fest auf die Wunde.

Einige Zeit später – die Blutung ist gestillt, meine benutzte Tasse und das Messer säuberlich gereinigt und wieder im Schrank verstaut – betrachte ich nachdenklich den antiquierten weißen Gasherd. Das Ding war mir noch nie geheuer. Oft habe ich die Befürchtung geäußert, er könne dir eines Tages gefährlich werden, und dich gebeten, das Teil endlich zu entsorgen. Doch du hast meine Bedenken nur weggelacht. Oh, wie ich dein kehliges, übersprudelndes Lachen liebe, das so ansteckend wirkt! „Nix da!", hast du geantwortet, „du weißt, ich hänge an dem Herd, weil er ein Erbstück meiner geliebten Oma ist. Uns beide gibt's nur im Doppelpack." Ich sehe dich noch vor mir, wie du mir dabei zuzwinkerst und mir übermütig einen Kuss in die Halsbeuge drückst, bevor du fortfährst: „Aber keine Sorge – mein Schutzengel ist allzeit wachsam!"

Ja, du warst schon immer überzeugt davon, dass dir nichts und niemand etwas anhaben kann. Wie ich dich bewundere und gleichzeitig beneide deshalb … für dein Urvertrauen und deinen unerschütterlichen Glauben ans Leben. Dinge, die mir leider fehlen. So wie du mir fehlst und für immer fehlen wirst.

Doch genug der Sentimentalitäten! Es nützt nichts, den unvermeidlichen Moment noch länger hinauszuzögern. Den Moment, in dem ich mich endgültig von dir verabschieden muss. Entschlossen wische ich also meine wehmütigen Gedanken zur Seite und gehe nochmals hinüber ins Schlafzimmer. Ein allerletztes Mal. Ich betrachte dich liebevoll, wie du da auf dem Bett liegst. So friedlich. So wunderschön. Nun kann ich es doch nicht lassen, dir mit der Hand über deinen nackten Unterarm zu streichen. Hauchzart, kaum spürbar, wie bei einer kostbaren Statue. „Adieu, meine Schöne“, flüstere ich bewegt, während ich versuche, die heißen Tränen zurückzudrängen, die mir hinter den Lidern brennen. Noch einmal blicke ich fasziniert in deine tiefblauen, weit aufgerissenen Augen. Oh, wie ich letzte Male hasse! Dann ziehe ich dir behutsam die transparente Plastiktüte vom Kopf und stopfe sie in die Tasche meiner Cordjacke. Anschließend nehme ich dein Smartphone vom Nachtkästchen und entsperre es, indem ich den Zeigefinger deiner rechten Hand darauf drücke. Dass du dabei ein wenig störrisch bist, stört mich nicht. Auch deinen Dickkopf liebe ich an dir. Nach kurzem Stöbern in deinem Kontaktverzeichnis finde ich, wonach ich suche: Martins Nummer. Ich drücke auf das grüne Symbol und fange an, die Nachricht einzutippen.

Keine Ahnung, was ich falsch gemacht hab! Dass du dich einfach nicht mehr meldest und meine Nachrichten ignorierst, tut so weh!!! Tausendmal frage ich mich, ob dir unsere gemeinsame Zeit gar nichts bedeutet hat? Ich dachte, das mit uns sei etwas Besonderes. Dass du es ernst mit mir meinst. Immerhin hab ich für dich sogar mit Thorsten Schluss gemacht. Ich hab deinem Cousin das Herz gebrochen, und jetzt lässt du mich einfach fallen. Das ertrage ich nicht mehr. Vielleicht ist es ja meine gerechte Strafe.
Leb wohl.

Sophie

Perfekt! An mir ist ein Poet verloren gegangen. Zufrieden drücke ich auf „Senden“ und stelle mir vor, wie die Nachricht auf Martins teurem Blackberry ankommt. Dass das Teil noch funktioniert, kann ich mir zwar nicht vorstellen, auch wenn er damit geprahlt hat, dass es wasserdicht sei. Die Wassermassen auf dem Grund des Weihers waren vermutlich doch etwas viel für das Gerät. Schade um das edle Teil. Schade auch um den schnittigen Porsche mit den roten Ledersitzen, dem so viel Feuchtigkeit sicher auch nicht gut bekommt. Weniger schade um meinen illoyalen Cousin, der mir die Frau ausgespannt hat. Was war ich sauer auf ihn … aber Schwamm drüber! Schließlich haben wir uns inzwischen ausgesprochen an jenem Abend, und hinterher auf unsere Versöhnung angestoßen.

Die Flasche Whiskey war fast leer, als er sich schließlich ans Steuer setzte. Ich wollte ihn davon abhalten, hab ihm gesagt, dass das keine gute Idee ist. Doch Martin hatte ja immer schon seinen eigenen Kopf. Sein Verhängnis war wohl, dass er für den Heimweg den sogenannten „Alkoholweg“ genommen hat. Ein einsamer, geteerter Feldweg, der beliebt war als Abkürzung in die nahe Stadt – besonders, wenn man getrunken hatte und einer Alkoholkontrolle durch die Polizei entgehen wollte. Er muss die Neunzig-Grad-Kurve zu schnell genommen haben und mit seinem Porsche in den angrenzenden Weiher geschlittert sein. Und in seinem Zustand hat er es nicht mehr geschafft, sich aus dem Wagen zu befreien, bevor dieser auf den Grund des grünen Gewässers sank. Vielleicht sollte ich anstatt Poet doch lieber Krimi-Autor werden?

Jedenfalls werde ich jetzt erst einmal eine Vermisstenanzeige bei der Polizei aufgeben. Seit meine Ex mir gestern verzweifelt mitgeteilt hat, dass mein Cousin seit besagtem Abend bei mir nicht mehr erreichbar ist, mache ich mir schon etwas Sogen. Auch, wenn er noch nie der Zuverlässigste war und sich schon öfter mal spontane Auszeiten genommen hat.

Bin gespannt, wie lange es dauert, bis sie sein Auto aufspüren. Ich werde ihnen dabei etwas auf die Sprünge helfen und einen kleinen Tipp geben müssen. Die Beamten können ja nicht ahnen, dass Martin im Suff den Schleichweg am Weiher vorbei nehmen wollte. Es war eine ganz schöne Plackerei gewesen, den Porsche über den Kies zur Böschung zu schieben. Doch es hat sich gelohnt. Der Anblick, wie der Mann, der mir meine große Liebe genommen hat, samt seiner Angeberkarre langsam im trüben Wasser versunken ist, war einfach unbezahlbar. Wie Balsam auf meinen Wunden. Zuvor hatte ich ihm ein Betäubungsmittel mit seinem Drink verabreicht. Schließlich bin ich kein Unmensch. Außerdem hätte ich ansonsten kaum eine Chance gegen meinen durchtrainierten Cousin gehabt. Kann mir nämlich nicht vorstellen, dass er einfach tatenlos zugesehen hätte, wie ich ihn zur Wasserleiche mache. Es gab in jener mondhellen Nacht also kein Drama, keine Schreie, keinen Überlebenskampf, wie man es aus Filmen kennt. Einfach nur gluck, gluck, gluck – und das war es mit Martin. Völlig unspektakulär.

Da hast du es mir schon schwerer gemacht. Als du so gezappelt und wild um dich geschlagen hast, mit vor Schreck weit aufgerissenen Augen, hat es mir schier das Herz zerrissen. Beinahe wäre ich schwach geworden und hätte von dir abgelassen. Aber es ging nicht. Das verstehst du doch? Du warst meine Frau. Die große Liebe meines Lebens. Für immer wollte ich mit dir zusammen sein. Ich konnte nicht zulassen, dass ausgerechnet Martin dich bekommt. Wäre es mir bei einem anderen Mann leichter gefallen? Bei irgendjemandem? Keine Ahnung. Der Schmerz des Verlustes ist doch immer gleich. Meine Mutter hat mir einst einen Spruch in mein Poesiealbum geschrieben: *Berühre nie ein Herz, wenn du nicht in der Lage bist, es zu ehren und zu schützen! Du könntest es so sehr verletzen, dass es nie wieder lieben kann.* Ich habe diese Weisheit stets beherzigt. Du jedoch nicht. Gut möglich, dass ich – dank dir – in Zukunft tatsächlich niemanden mehr lieben kann. Aber das wäre schon in Ordnung für mich. Alles, was ich wollte, war, dich bei mir zu haben, bis dass der Tod uns scheidet. Richtig schön altmodisch. Dieses Ziel hab ich erreicht. Vielleicht sollte ich in Zukunft besser allein bleiben. Den Rest meiner Tage im Gefängnis verbringen, das möchte ich aber auch nicht unbedingt. Darum muss ich mich absichern.

Der geliebte alte Gasherd deiner Oma wird dir doch noch zum Verhängnis werden. Vorhin in der Küche hab ich mit meinem Messer die Leitung angeschnitten. Nur ein klein wenig, so dass das Gas langsam, aber stetig austreten kann. Wenn du gefunden wirst – wann und von wem auch immer – sollte also der Eindruck entstehen, dass du durch das Gas erstickt bist. Und nicht unter meiner Plastiktüte.

Aber ist das auch wirklich sicher genug? Was, wenn sie auf die Idee kommen, dich zu obduzieren? Spuren eines Kampfes entdecken? Den Todeszeitpunkt feststellen? Außerdem besteht die Gefahr, dass deinem Finder die ganze Bude um die Ohren fliegt. Ich möchte nur ungern das Risiko eingehen, dass Unbeteiligte zu Schaden kommen. Da fällt mir ein, ich hab noch einen Trumpf im Ärmel! Wie stolz warst du immer auf dein „Smart Home“. Dein ganzes Haus zu steuern über dein Smartphone, fandest du richtig cool. Ich hab nichts davon gehalten. Mir erschien das immer als viel zu riskant. Wie leicht könnte ein Unbefugter es missbrauchen, die Kontrolle über dein Heim übernehmen, indem er das System hackt? Das hab ich jetzt gar nicht nötig. Mit deinem Smartphone in der Hand ist es ein Kinderspiel.

Ich öffne die entsprechende App, wähle „Beleuchtung Küche“ und aktiviere den Timer. Drei Stunden sollten ausreichend sein, damit sich genügend Gas im Raum befindet für ein schönes Feuerwerk. Vor einiger Zeit hab ich mal von einer Gasexplosion gelesen, die genau auf diese

Art entstanden war: Durch das Einschalten des Lichtes und den dabei entstehenden Funken. Ich hoffe also, dass es bei uns auch funktioniert. Wäre die sauberste Lösung.

Zugegeben: Die Vorstellung, dass dein anmutiger Körper durch eine Druckwelle beschädigt wird oder die Flammen gierig an deinem Antlitz lecken, deine Haare auffressen, ist nicht gerade schön. Eigentlich finde ich solche Gedanken sogar ziemlich abstoßend. Aber Sicherheit geht vor, das musst du doch einsehen. Sicherheit – mein Stichwort.

Zeit zu gehen, meine Schöne. Die Luft wird nämlich langsam dünn, im wahrsten Sinne des Wortes.

Wach auf! Bevor es zu spät ist!

von **Christina Leoni**

„Aua! Mama!“ Kirsten seufzte entnervt. „Hört doch endlich auf! Wir sind gleich da.“

Sie saß am Steuer ihres schwarzen, leicht verschmutzten Audi Q5 und blickte gedankenverloren auf das Auto vor ihr. Auf der Rückbank quengelten ihre beiden Kinder Ben und Emily ununterbrochen und forderten lautstark ihre Aufmerksamkeit. So sehr sie die beiden auch liebte, sie konnte ihre Quengelei und Streiterei in diesem Augenblick kaum mehr ertragen. Zum wiederholten Male war sie völlig übermüdet auf dem Heimweg von der Baustelle ihres neuen Eigenheims. Es war einer dieser Abende, an denen sie völlig energielos und gereizt das Ende des Tages herbeisehnte.

„Nur noch zehn Minuten“, dachte sie. „Nur noch zehn Minuten und dann haben wir es geschafft.“

Tausende Gedanken jagten durch ihren Kopf und verursachten tosende Kopfschmerzen. Ihre Schläfen pochten erbarmungslos. Die dreißigjährige Mutter hatte das Gefühl, als würde ihr Schädel jeden Moment explodieren. Obwohl sie das kalte Lenkrad unter ihren kraftlosen Fingern fühlte, war sie alles andere als präsent.

„Kirsten, jetzt reiß dich doch endlich mal zusammen!“, schimpfte sie in Gedanken mit sich selbst.

Sie wusste, dass sie sich konzentrieren musste, doch sie schaffte es einfach nicht. Das war der Preis, den sie für die vergangene Zeit bezahlte, in der sie sich selbst vernachlässigt hatte. Sie unterdrückte ständig die mahnende Stimme in ihr, die sie immer wieder daran erinnerte, wie sehr sie täglich ihre Grenzen überschritt und ihren Geist und ihren Körper ausbeutete. Ihr selbstzerstörerischer Lebensstil war ihr durchaus bewusst, dennoch fühlte sie sich machtlos. Sie fühlte sich als Opfer ihrer Umstände und sah keine Möglichkeit, diesem Hamsterrad voller Verpflichtungen zu entkommen. Sie hasste sich für die Gefühle, die sie in diesen Momenten wahrnahm. Ihre Unfähigkeit, sich aus ihren negativen Emotionen sich selbst und dem gegenwärtigen Alltag gegenüber zu befreien, frustrierte Kirsten sehr. Sie sehnte sich nach der Leichtigkeit aus vergangenen Tagen.

Viel zu oft beobachtete sie neiderfüllt ihre Kinder, die anscheinend nur im Moment lebten und immer machten, wozu sie gerade Lust und Laune hatten. Doch so sehr sie auch versuchte, sich ein Beispiel daran zu nehmen, es wollte ihr einfach nicht gelingen. Im Gegenteil. Nichts fühlte sich einfach, lustvoll oder auch nur annähernd leicht an. Sie hatte bei jedem Versuch, mehr Leichtigkeit in ihr Leben zu bringen, das Gefühl sich noch weiter davon zu entfernen.

Sie wollte raus aus dieser Gedankenspirale. Raus aus all der Beklemmung, die sie gnadenlos gefangen hielt.

Doch es gab kein Entkommen. Die Schwere hielt sie eisern gefangen und zog sie immer weiter hinab in ihr tiefes schwarzes Loch voll Kummer und Selbstmitleid.

Plötzlich schien ihr ein greller Lichtkegel ins Gesicht und nahm ihr für einen kurzen Moment die Sicht. Ihr wurde wieder bewusst, dass sie im Auto saß. Kirsten blinzelte. Zuerst konnte sie die Quelle nicht erkennen, doch dann weiteten sich ihre Augen vor Entsetzen. Die Scheinwerfer eines entgegenkommenden Fahrzeuges steuerten genau auf sie zu. Sie riss die Augen noch weiter auf, versuchte zu verstehen, was sich gerade in einem Bruchteil von Sekunden vor ihr abspielte. Quietschende Reifen durchbrachen ihre wirren Gedanken. Der Aufprall. Das blecherne Geräusch der sich verformenden Karosserien. Von der Rückbank vernahm Kirsten schmerzverzerrte Schreie ihrer Kinder, während sich der Sicherheitsgurt in ihre Haut bohrte und der Airbag kraftvoll gegen ihr Gesicht schlug. Ein heftiger

Schmerz durchfuhr ihren ganzen Körper. Ihr wurde schwarz vor Augen, als ob ihr jemand ungefragt das Licht ausgeknipst hätte. Eine furchteinflößende Stille breitete sich aus, die sich bis ins Unermessliche steigerte. Kirsten konnte sich nicht mehr bewegen. Sie wollte schreien, dennoch verließ kein einziger Mucks ihre Lippen.

Kurz darauf setzte ihr Mutterinstinkt ein. Sie wollte sich zu ihren Kindern umdrehen, aber irgendetwas hinderte sie daran. Kirsten kroch die Angst bis in jede einzelne Faser ihres Körpers. Ein eiskalter Schauer jagte über ihren Rücken und ließ ihren Körper erzittern. Zeit und Raum verschwammen. Sie konnte keinen klaren Gedanken mehr fassen, bis sie plötzlich ein Geräusch wahrnahm.

Herannahende Einsatzfahrzeuge durchschnitten die Stille. Die Sirenen kamen immer näher, wurden lauter und lauter. Das Blaulicht blitzte mystisch in der hereingebrochenen Dunkelheit.

„Da! Da spricht doch jemand. Hilfe! Hilfe! Kann mich jemand hören? Bitte, wir brauchen Hilfe!“, hallten die Worte in ihrem Kopf, als sie abermals Stimmen vernahm. Hektische Wortfetzen drangen zu ihr durch und sie versuchte noch einmal zu rufen, jedoch erfolglos. Sie vernahm eine Männerstimme und ihr gefror das Blut in den Adern, als der Sinn der Worte in ihr Bewusstsein sickerte: „Die Kinder sind tot. Sie haben den Aufprall nicht überlebt. Wir können nichts mehr für sie tun.“

Kirstens Magen zog sich erbärmlich zusammen. Ihr wurde übel. Das konnte nicht sein. Das durfte nicht sein. Ihre beiden Streithähne saßen doch genau hinter ihr. Sie bräuchte sich doch nur umdrehen, um sie berühren zu können. Der Mann meinte sicher andere Kinder. Er musste sich irren, oder er verwechselte sie. Er sprach sicher nicht von ihren über alles geliebten Kleinen. Sie schnappte verzweifelt nach Luft. Ihre Luftröhre war wie zugeschnürt und die Panik des Erstickens vernebelte ihr die Sinne.

Da war sie schon wieder. Die Stimme, die diese grauenhaften Worte ausgesprochen hatte. Sie klang hoffnungslos:

„Die Frau ist noch am Leben. Jedoch eingeklemmt, ohnmächtig und hat vermutlich schwerwiegende Verletzungen. Es wäre ein Wunder, wenn sie überleben würde."

Kirsten verstand die Welt nicht mehr. Sie war doch nicht bewusstlos. Sie war doch hier und hörte dieses Gespräch. Sie konnte sich nur nicht erklären, warum zum Teufel sie nicht darauf reagieren konnte.

„Das muss der Schock sein", versuchte sie sich selbst zu beruhigen. „Ich muss mich nur zusammenreißen. Atmen, Atmen nicht vergessen. Ich kann doch sprechen. Oder? Was ist denn hier los? Das kann doch alles nicht wahr sein?!"

In dem Moment antwortete eine zweite, ihr unbekannte Stimme: „Entsetzlich! Mir fehlen die Worte. Was ist denn überhaupt genau passiert?"

Und was Kirsten nun hörte, gab ihr endgültig den Rest.

„Sekundenschlaf!" Sie fuhr hoch. Schweißgebadet fand sie sich in ihrem Bett in ihrem neuen Zuhause wieder.

„Es war alles nur ein böser Traum", stellte sie halb schockiert, halb erleichtert fest. Sie raufte sich die Haare, tastete mit ihren Fingern weiter an ihrem bebenden Körper entlang, um sicherzustellen, dass sie tatsächlich lebend in ihrem Bett saß. Ihr Herz pochte laut und ihr Atem stockte. Sie versuchte, wieder einen klaren Kopf zu bekommen. Mit wackeligen Knien stand sie vorsichtig auf, unsicher, ob ihre Beine sie tragen würden, und tastete sich Schritt für Schritt durch das dunkle Schlafzimmer voran, in Richtung des Kinderzimmers. Noch immer ganz benommen griff sie mit zitternden Fingern nach der Türklinke und drückte sie so leise wie möglich herunter.

Zögernd schob sie die Tür auf. Da lagen ihre beiden Kinder wohlbehalten in ihren Betten und schliefen tief und fest. Kirsten fiel ein schwerer Stein vom Herzen und für einen Augenblick meinte sie auch, die Erschütterung unter ihren Füßen wahrzunehmen. Erleichterung durchflutete ihren Körper und versetzte sie in einen Ausnahmezustand. Angstschauer jagten über ihren Rücken und gleichzeitig fühlte sie sich so beflügelt und lebendig, voll bedingungsloser Liebe und Dankbarkeit wie schon lange nicht mehr. Sie wusste: „Dieser Traum war eine Warnung! Ich muss dringend etwas ändern, bevor es zu spät ist.“ Leise zog sie die Tür des Kinderzimmers wieder zu und lehnte sich gegen die Wand im Flur. Kirsten fing an, ihr Leben zu reflektieren. Sie war in letzter Zeit tatsächlich ständig übermüdet. Beim Autofahren war sie bereits einige Male aus dem gefährlichen Sekundenschlaf hochgeschreckt. Die letzten Monate mit Kindern, Hausbau und einer Vielzahl neuer Projekte hatten sie gezeichnet und sie erkannte sich an manchen Tagen selbst nicht wieder.

Sie konnte die Frau, die ihr täglich mit herabhängenden Mundwinkeln aus dem Spiegel entgegenblickte, oft nicht ausstehen. Sie wollte dieses nörgelnde, missmutige Etwas einfach nicht sein. Immer hatte Kirsten ein anderes Bild von sich als Ehefrau und Mutter vor Augen gehabt, als sie es bisher lebte. Sie musste sich oft erschrocken eingestehen, dass sie genau zu dem wurde, was sie nie wollte.

Einige Minuten später fiel ihr die Selbsterkenntnis wie Schuppen von den Augen. Kirsten klatschte sich mit der flachen Hand auf ihre Stirn. „Wie konnte ich so blind sein? Ich bin schuld. Ich bin verantwortlich für meine aktuelle Situation. Ganz allein ich und sonst niemand. Keine anderen Menschen und keine anderen Umstände. Ich habe mir diesen goldenen Käfig selbst erschaffen.“

Langsam tappte sie zurück in ihr Schlafzimmer, wo sie lautlos auf das Bett neben ihren Mann glitt, den sie erst jetzt wieder bewusst wahrnahm.

Mit zusammengekniffenen Augen versuchte sie, seine Gestalt in der Dunkelheit zu erkennen.

Sie war völlig überwältigt von der Flutwelle ihrer Gefühle, die in diesem Moment über sie hereinbrachen. Liebe, endlose Dankbarkeit, gepaart mit lähmender Angst, Wut und Zorn über ihre bisherige Blindheit vermischten sich zu einem eigenartigen Gefühls-Potpourri. Sie war erschüttert, als sie erkannte, dass sie sich selbst zum Opfer ihrer eigenen Gefühle und Handlungen machte. Sie allein war dafür verantwortlich, wie sie ihr Leben wahrnahm und gestaltete. „Ich selbst habe doch die Macht zu entscheiden, ob ich mit Leichtigkeit und voller Liebe im Einklang mit meinem Schatz und unseren Kindern durchs Leben gehe, oder ob ich mit meiner Verbissenheit, meiner Ungeduld, meinem Drang und dem Glauben, immer alles allein schaffen zu müssen, alles riskiere, was mir heilig ist“, dachte sie im Stillen. Sie hätte es sich niemals verziehen, wenn sie durch ihre Unachtsamkeit am Tod ihrer Kinder schuld gewesen wäre.

Allein beim Gedanken daran fühlte sie sich ganz krank und elend. Sie schüttelte sich, um das grauenhafte Kopfkino zu vertreiben. Sekundenschlaf war eine ihrer größten Ängste. Zum Glück war er ihr in dieser Nacht nicht zum Verhängnis geworden, sondern rüttelte sie endlich wach aus dem Alptraum, den sie Leben nannte. Kirsten wusste, dass sie dringend etwas ändern musste. Dieser Warnschuss sollte tatsächlich nur ein böser Traum bleiben. Tiefe Dankbarkeit erfüllte sie, als sie das Glück in dieser Botschaft ihres Unterbewusstseins erkannte. Es hatte ihr ihre aktuelle Lebenslage so bitterböse vor Augen geführt, dass sie nun umso deutlicher auch die Chancen und die Möglichkeiten sah, die darin lagen. Langsam drangen neue Ideen und Visionen in ihr Bewusstsein, die sie bis vor wenigen Augenblicken noch nicht einmal ansatzweise gesehen, geschweige denn in Erwägung gezogen hätte.

Stück für Stück setzten sich die zerstreuten Gedanken wieder zu einem großen und klaren Bild zusammen. Kirsten kam es vor wie bei der Fertigstellung eines Puzzles, bei dem nach langem Suchen endlich das letzte fehlende Teil auftauchte.

Sie fühlte sich wieder ganz und vollkommen. Plötzlich wusste sie genau, wie ihr Leben zukünftig aussehen sollte und was sie ändern musste, um ihre neue bessere Version von sich selbst zu werden und das Leben zu führen, das sie sich so sehnlich erhoffte. Sie spürte es in jeder Zelle ihres Körpers, dass sie sich von den alten, selbstauferlegten Ketten befreien und Raum schaffen durfte, für mehr Freude, Spaß und Leichtigkeit in ihrem Leben.

Kirsten sank zurück in die weichen Kissen ihres Bettes und zog die Decke bis unter das Kinn. Nach langer Zeit fühlte sie erstmals wieder bewusst die Herrlichkeit dieses Moments. Die Wärme, der weiche Stoff auf ihrer Haut, der vertraute Geruch ihres Mannes, der leise atmend neben ihr lag. Die Dankbarkeit und Liebe, die sie für ihn und ihre Kinder empfand, und wie glückselig es sie stimmte zu wissen, dass alle wohlauf waren. Ihr Löwenherz schlug Purzelbäume vor Freude.

Sie lag noch lange wach und schmiedete optimistisch Pläne für die kommenden Tage. Ihr erstes Ziel wollte sie gleich am Morgen in die Tat umsetzen.

Sie nahm sich fest vor, ab sofort nur noch mit einem Lächeln im Gesicht in den Tag zu starten und auch gleich mit ihrer Jammer-Diät zu beginnen. Sie wollte wieder bewusst die positiven Dinge in ihrem Leben wahrnehmen, dankbar für die Dinge sein, die sie bisher als selbstverständlich hinnahm, und auch versuchen, das Positive in den negativen Momenten des Lebens zu finden. Ganz nach dem Motto: „Wenn das Leben dir Zitronen gibt, mach Limonade draus. Oder kauf dir Tequila und Salz und rock das Ding."

Ihr war bewusst, dass sie geduldig mit sich selbst sein musste und sich ihr Leben nicht über Nacht komplett wandeln würde. Doch sie spürte voll Vertrauen, dass es ein Anfang war. Sie war bereit, den ersten Schritt in ihr neues, wacheres Leben zu wagen und ihren Visionen und Träumen wieder die Aufmerksamkeit zu schenken, die sie verdienten.

Allmählich wurden ihre Augenlider schwer. Langsam beruhigten sich ihre aufgewühlten Emotionen und das Gefühlschaos wich der Entspannung. Bevor sie einschlief, flüsterte sie noch in die Stille: „Heute stirbt nur einer: Auf Nimmerwiedersehen, mein altes ICH!“

„Ihr Löwenherz
schlug Purzelbäume
vor Freude."

Lass dich treiben

von **Dominique Walker**

„Vor Ihrem 30. Lebensjahr werden Sie keine Kinder bekommen können."

Der Facharzt im Unispital Zürich sagte diesen Satz ganz unaufgeregt und sachlich. Für ihn war das nur ein Fakt, das Ergebnis der von ihm durchgeführten Untersuchung. Für Alina, gerade 25 Jahre alt, fühlte es sich dagegen an wie ein Faustschlag in die Magengrube.

„Was, wenn es niemals klappt?", fragte sie leise.

„Machen Sie sich darüber keine Gedanken. Blicken Sie positiv in die Zukunft!", versuchte der Arzt Alina zu ermutigen.

Als sie das Spital verließ, fühlte sie sich seltsam leer, richtungslos. Sie rief in der Arbeit an und meldete sich für den Rest des Tages krank. Nur nach Hause wollte sie. Dort angekommen, bereitete sie sich mechanisch etwas zu essen zu, aß, spülte das Geschirr und verbrachte den Rest des Tages in dieser Stimmung, durch die alles um sie herum wie in Watte gehüllt erschien.

„Wie ist es beim Arzt gelaufen, Schatz?", wollte ihr Mann Phillip am Abend von ihr wissen. Statt zu antworten, entrang sich Alinas Brust ein schwerer Seufzer, in dem sich ihre ganz Traurigkeit und Ratlosigkeit ausdrückten. Phillip verstand sofort und ohne Worte. Er nahm sie fest in seine Arme und hielt sie.

In der Nacht schlief sie tief und traumlos, wie ein Stein. Am nächsten Morgen erwachte Alina sehr früh und mit überraschend klarem Kopf: Sie sehnte sich nach Veränderung! Schon viel zu lange steckte sie im Alltagstrott fest. Sie wollte sich in Abenteuer stürzen, neue Ufer erreichen, kurz, das Leben bis aufs Letzte auskosten! Bislang war sie entweder zu faul oder zu unmotiviert gewesen, sich von ihrem gemütlichen Sofa zu erheben.

Es brauchte genau diesen Anstoß, damit sich Alina aus ihrer Komfortzone aufraffen konnte und endlich begann, das Leben zu genießen. Plötzlich wusste sie genau, was zu tun war: Sie sprang leise aus dem

Bett, um Phillip nicht zu wecken, und legte ihm einen Zettel hin: „Muss schnell zum Baumarkt! Ich lieb dich!“

Eine Stunde später, Phillip kam gerade frisch geduscht aus dem Badezimmer, rauschte Alina zur Wohnungstür herein und begrüßte ihn mit einem fröhlichen „Guten Morgen, Schatz!“ Unter den Arm hatte sie eine Magnetwand geklemmt und in der Hand trug sie eine Tüte, aus der allerlei Dekoration lugte. „Hab was Wichtiges zu tun, frühstücke später in der Arbeit“, rief sie dem verdutzten Phillip zu, als sie ihm im Vorbeigehen einen Kuss aufdrückte und ins Arbeitszimmer verschwand.

Phillip grinste und ging in die Küche. Wenn Alina so gut drauf war, ging es ihr deutlich besser. Vielleicht würde sie ihm ja am Abend erklären, welche Inspiration da so dringend über sie gekommen war …

Alina breitete ihre Schätze auf dem Boden des Arbeitszimmers aus und machte sich sofort ans Werk. Sie würde ihr ganz persönliches Wishboard mit ihren Zielen fürs Jahr 2020 gestalten. Während sie zeichnete, ausdruckte, schnitt, klebte und bastelte, spürte sie, wie sie von Euphorie und großer Vorfreude erfüllt wurde.

Phillip staunte nicht schlecht, als ihm Alina ihr fertiges Wishboard präsentierte. Sie hatte sich einiges vorgenommen: Sportlehrerstudium, einen Fantasyroman schreiben und mit dem Motorrad durch die Schweiz touren. Natürlich würde er sie dabei unterstützen, so gut er konnte.

Alina startete also durch: Kurzerhand meldete sie sich Anfang Januar fürs Sportlehrerstudium im Sommer an, besorgte sich Hilfe und Inspiration fürs Schreiben ihres Buches und plante diverse Routen, die sie im kommenden Sommer zusammen mit Phillip auf dem Motorrad befahren wollte. Von Ehrgeiz getrieben begann sie für die Aufnahmeprüfung an der Sportuni zu trainieren. Alina recherchierte gründlich, was es braucht, um gute Geschichten zu schreiben.

Nach Rücksprache mit Phillip beschloss sie, nur noch halbtags zu jobben, bis das Studium anfangen würde. Sie versprach sich davon mehr Zeit für die Umsetzung ihrer Ziele und zum Leben und Genießen. Schlussendlich war es ja so, dass Stress ihre Krankheit begünstigte.

Es dauerte gar nicht lange und Alina war deutlich entspannter und nahm die Tage mit Gelassenheit. Die Zeit, die sie nun mehr zur Verfügung hatte, tat ihr sichtlich gut. Ihr Alltag entschleunigte sich und der Stresspegel nahm trotz ihrer zahlreichen Aktivitäten ab. Ein Gefühl der Entspanntheit und des inneren Friedens machte sich in ihr breit.

Da geschah ein kleines Wunder. Nach zehn Jahren ohne Menstruation bekam sie zum ersten Mal ihre Periode. Alina war überwältigt und freute sich riesig. Das war definitiv die Bestätigung: Der neue Lebensstil war genau das, was sie brauchte, um endlich wieder gesund zu werden! Unglaublich. Eine Träne der Freude rollte über ihre Wange, als sie Phillip von diesem Wunder erzählte. Nach all der Zeit fühlte sich Alina endlich wieder wie eine Frau.

Leider hielt dieses Hoch nicht lange an. Als die Blutung auch nach vier Wochen nicht endete, fing sie an, sich Sorgen zu machen. Sie kontaktierte ihren Gynäkologen. Nachdem sie eine Woche auf den Termin hingefiebert hatte, war es endlich soweit. Was der Arzt dann zu ihr sagte, konnte sie unmöglich glauben: „Herzlichen Glückwunsch, Sie sind schwanger!"

Wie konnte das sein? Ihre Mimik erstarrte und ihr Gesicht wurde kreideweiß. Eine gespenstische Stille erfüllte den Praxisraum. Alinas Herz pochte auf einmal so laut, dass sie das Gefühl hatte, jeder im Gebäude könnte es hören. Es fühlte sich an, als würde dieses unbehagliche Schweigen unendlich andauern. Unmöglich, das konnte nicht die Wahrheit sein! Ratlosigkeit machte sich in Alina breit. Wie sollte sie mit dieser Situation umgehen? Sollte sie sich nun darüber freuen oder doch eher nicht?

Sie kam nicht dazu, eine Antwort auf ihre Fragen zu finden. Es ging gleich weiter. „Sie befinden sich in einer Risikoschwangerschaft. Ihr Körper versucht, die befruchtete Eizelle abzustoßen. Um das zu verhindern, geben wir Ihnen ein Medikament mit." Ohne Worte, mit einem eingefrorenen Gesichtsausdruck nahm Alina das Medikament entgegen und verließ die Arztpraxis.

Wieder war Alina in ihrem Innern so leer wie damals, als ihr der Arzt im Unispital eröffnet hatte, sie würde innerhalb der nächsten fünf Jahre vergeblich auf Erfüllung ihres Kinderwunsches hoffen. Nun plötzlich doch? Und was, wenn sie das Kind verlieren würde? Die Gedanken in ihrem Kopf begannen zu kreisen. Den Weg zurück zu ihrem Auto erlebte Alina wie in Trance. Sie setzte einen Fuß vor den anderen. Mit zitternden Händen nahm sie den Autoschlüssel aus ihrer Handtasche und öffnete die Wagentür. Alina setze sich auf den Fahrersitz und hielt das Ultraschallbild vor sich hoch. Zuerst dachte sie, das Bild sei verschwommen, weil sie nichts erkennen konnte. Doch es lag weder am Bild noch an ihren zittrigen Händen. Riesige Tränen liefen aus ihren Augen ihre Wangen entlang und ließen das Bild verschwimmen.

Sollte sie in diesem Zustand nach Hause fahren? Es wäre vermutlich nicht das Klügste, aber im Moment war ihr alles ziemlich egal. In Alinas Kopf jagte ein Gedanke den nächsten. Sie startete den Motor und fuhr einfach los.

Als sie die Eingangstür ihrer Wohnung öffnete, empfing Phillip sie mit einem Lächeln und einem zugleich sorgenerfüllten Gesichtsausdruck. „Und, konnte der Arzt dir helfen?", fragte er sie gespannt. Für die Antwort bat Alina ihn, sich zu setzen.

So emotionslos wurde, so glaubte sie zumindest, noch kein Mann informiert, dass er Vater werden würde. Geistesabwesend und ohne jede Regung erzählte sie, was geschehen war. Beide waren mit der Situation völlig überfordert. Sie ignorierten das Thema für den Rest des Abends und gingen zu Bett. Wie anders hatten sie sich das früher immer ausgemalt, wenn sie einmal erfahren würden, dass sie Eltern werden …

Es brauchte einiges an Zeit, bis Alina die unerwartete Wendung akzeptieren konnte. Nun freute sie sich sogar auf die neue Aufgabe und das kleine Wunder, das sich so in ihr Leben geschlichen hatte. Sie stornierte die Anmeldung zum Sportlehrerstudium, schob das Buchprojekt ein wenig beiseite und verkaufte schweren Herzens ihr neues Motorrad. Die Enttäuschung über die geplatzten Träume setzte ihr heftig zu. All ihre Freude auf das neue Jahr war zerschmettert, wie Porzellan unter einem Vorschlaghammer. Stress machte sich wieder breit. Mit der Aufgabe Baby versuchte sie sich abzulenken und besorgte alles Nötige so kostengünstig, wie es nur ging, da das Geld ziemlich knapp war, seit sie nur noch halbtags jobbte. Corona sei Dank durfte sie dann auch noch einen Monat lang überhaupt nicht arbeiten, weshalb sich die Geldsorgen immer weiter steigerten.

Jetzt hätte Alina doch zumindest die Zeit gehabt, sich ihrem langersehnten Wunsch, dem Buchprojekt, zu widmen. Doch es ging absolut nicht. Ihr Kopf war angefüllt mit Sorgen und Ängsten. Wie sollten sie das alles schaffen? Wer würde sich ums Kind kümmern, wenn Alina und Phillip arbeiteten? War das überhaupt möglich?

Immer weniger redete sie mit ihrem Mann über all die drückenden Ängste, die ihr förmlich die Kehle zuschnürten. Auch Phillip zog sich in sich selbst zurück. Er schien sich zwar sehr darauf zu freuen, Vater zu werden, konnte aber Alina in ihrer inneren Isolation nicht erreichen.

Um sich von all diesen belastenden Gedanken und der Sprachlosigkeit in ihrer Ehe abzulenken, flüchtete sich Alina schleichend in eine Videospielsucht. Von morgens bis abends zockte sie an der Konsole. Dann später plagte sie das schlechte Gewissen, nichts geschafft zu haben. Der Haushalt blieb liegen und Alina stürzte sich Hals über Kopf immer tiefer in ein schwarzes Loch. Sie fand sich in einer Abwärtsspirale gefangen. Das Spielen war eine Flucht vor den Problemen, und im gleichen Atemzug verursachte es Stress ohne Ende, weil sie sich bewusst war, außer dem Spielen nichts mehr zustande zu bringen.

Ein Monat mit einem ständigen Auf und Ab der Gefühle verging. Nach dem 30-tägigen Martyrium war es nun endlich wieder soweit: Alina durfte zurück zur Arbeit, obwohl sie zur Risikogruppe zählte. Natürlich nur mit Maske und Abstand halten. Ihr Tagesablauf war wieder in geregelten Bahnen. Sie ging mit Freuden zur Arbeit und gewann so die Oberhand über ihre Spielsucht.

Als die Tage wieder kürzer wurden, rückte der Abgabetermin für das Buch immer näher. Der Geburtstermin war ebenfalls schon greifbar. Und weil Alina aufgrund der Risikoschwangerschaft auch weiterhin nur halbtags jobben konnte, schwebte der finanzielle Druck bedrohlich wie das Damoklesschwert über ihrem Kopf.

Welche Schwangere ist schon bis auf den letzten Punkt der Checkliste vorbereitet? Alina natürlich! Eine total überorganisierte und perfektionistische Persönlichkeit. Einen Fehler zu haben und sich diesen einzugestehen war ein Ding der Unmöglichkeit. Doch an diesen Punkt würde sie noch kommen …

Alina hatte eine günstige Wohnung gefunden. Klar, sie war etwas kleiner, bot aber trotzdem sehr viele Vorteile. Phillip und sie hatten dem neuen Vermieter bereits zugesagt, wollten die alte Wohnung kündigen. Da geschah es.

Alinas Herz und Kopf spalteten sich. Sie fühlte sich so wohl in ihrer bisherigen Wohnung, es war ihr Zuhause. Sie wollte nicht ausziehen. Nein, sie wollte hier und nirgendwo anders mit Phillip und ihrem gemeinsamen Kind leben. Doch auf Dauer war die Wohnung zu teuer, sie mussten ausziehen. Dieser zusätzliche Druck brachte das Fass schlussendlich zum Überlaufen. Drei Tage war es Alina unmöglich zu schlafen. Sie weinte ohne Unterlass. Ihr Herz schmerzte, fühlte sich an wie in einer Schraubzwinge gefangen und eingequetscht. Der Verstand wollte das eine, das Herz das andere. Wie sagt man so schön: Wenn zwei sich streiten, freut sich der Dritte. In diesem Fall war der Dritte Stress, welcher sich am Gefühlschaos labte und gedieh.

Dann der nächste Tritt an Alinas Schienbein. Eine Schreckdiagnose des Arztes: „Ihr Baby wächst nicht mehr. Leiden Sie an Stress?“ Alles drehte sich. Kein Gedanke war mehr klar. Der Boden wurde ihr unter den Füßen weggezogen.

Alina hielt inne, versuchte sich auf das Wesentliche zu besinnen. Was war ihr im Moment am wichtigsten? Natürlich ihre Familie. Doch wenn sie den Stress nicht verringern würde, gäbe es unter Umständen keine Familie mehr. Zu diesem Zeitpunkt musste sich Alina eingestehen: „Ich bin maßlos überfordert.“ Alina, die Kämpfernatur, die jede Situation im Leben meistern konnte, war am Ende ihrer Kräfte. Sie konnte nicht mehr. Sie schwamm so lange mit voller Kraft gegen die Strömung, bis ihre Kräfte aufgebraucht waren. Auf diese Weise weitermachen ging nicht mehr. Wenn gegen die Strömung schwimmen nicht mehr möglich ist, lass los. Lass dich von der Strömung treiben. Spar und sammle deine Kräfte, um dich über Wasser zu halten, bis das Ufer kommt.

Alina tat etwas, das sie noch nie zuvor getan hatte. Sie klammerte sich nicht mehr an die Kontrolle, ließ los. Alina legte die Entscheidung für den Umzug in die Hände ihres Mannes. Phillip sollte für seine Familie entscheiden, was das Beste sein würde. In just diesem Moment klingelte es an der Tür. Es waren die Vermieter, welche von den Umzugsplänen Wind bekommen hatten. Als sie sahen, dass Alina und Phillip bald zu dritt sein würden, boten sie großzügigerweise an, den

Mietpreis für die junge Familie zu reduzieren. Nun war es an Phillip, die Entscheidung zu treffen.

Er entschied sich gegen den Umzug. Alina atmete auf. Der reißende Strom, in dem sie zu ertrinken schien, schwächte sich ab und wurde zum friedlich dahinfließenden Rinnsal. Die nächste Nacht schlief sie zwölf Stunden am Stück durch. Alina war erschöpft von all dem Stress und inneren Konflikt, der in ihr tobte. Alles, was ihr jetzt noch Druck verursachte, schrieb sie nieder in einer To-Do-Liste, welche sie sich mit Prioritäten kennzeichnete. Sie gewann wieder den Überblick. Es tat so gut, endlich einen Weg aus dem Irrgarten zu sehen.

Sich selbst ganz allein aus solchen Tiefs zu befreien ist schier unmöglich. Es braucht viel Kraft und Zeit und den Mut, sich von anderen helfen zu lassen. Phillip stand Alina zur Seite, und seit sie gelernt hatte, sich ihm auch mit ihren Sorgen anzuvertrauen und seine Unterstützung anzunehmen, war die frühere Vertrautheit in ihre Beziehung zurückgekehrt und weiter gewachsen. Was war noch mal Alinas Ziel fürs Jahr 2020? Ihrem Leben eine neue Richtung geben, um dem Alltag und der Langeweile zu entfliehen. Das war ihr auf jeden Fall gelungen! Und nebenbei hatte sie so einiges dazugelernt. Lass manchmal los, lass dich treiben und sei gespannt, wohin dich die Reise führt.

„Lass manchmal los,
lass dich treiben
und sei gespannt,
wohin dich die
Reise führt.“

Schildkröten-tränen

von **Jenny Mohr**

Luisa war in der Küche. Sie hatte ihre Kochschürze umgebunden, auf der in roten Buchstaben „Liebe ist die beste Zutat“ stand. Ihre blonden Locken hatte sie zu einem lockeren Dutt zusammengesteckt und die Ärmel ihres Oberteils hochgekrempelt. Auf dem Herd stand ein Topf, aus dem der Dampf des Nudelwassers emporstieg. Daneben in der Pfanne blubberte die Sauce vor sich hin. Es war ihre Lieblingssauce mit Hackfleisch und Gemüse und laut Rezept einem bisschen Knoblauch. Meist würzte sie aber mit etwas mehr als nur einem bisschen. Sie hatte sich so auf das gemeinsame Abendessen gefreut, aber jetzt stand Luisa einfach nur da. Sie hatte sich an den Küchenblock angelehnt und starrte ins Leere. „Ich gehe dann jetzt“, sagte Marcus. Er stand mit einem Koffer im Türrahmen. „Es tut mir leid.“ Luisa reagierte nicht und Marcus drehte sich um. Kurz danach fiel die Haustür ins Schloss und Luisa zuckte zusammen.

Er war weg. Er war wirklich weg. Ihr Bauch zog sich zusammen und ein beklemmendes Gefühl machte sich in ihrer Brust breit. Sie spürte, wie sich ihre Augen mit Tränen füllten, die dann warm an ihrer Wange herunterliefen. Sie ließ sich auf den Boden sinken und legte den Kopf in ihre Hände. Ihr Körper bebte, als sie immer lauter anfing zu schluchzen. Sie war sich nicht sicher, wie lang sie so auf dem Boden saß, aber irgendwann hörte sie, wie das Nudelwasser überkochte, und sie stand wie in Trance auf. Sie nahm den Deckel vom Topf und schaltete den Herd aus. Mit einem Ärmel wischte sie sich die Tränen aus dem Gesicht, aber sofort füllten sich ihre Augen wieder. Wieder fuhr sie mit dem Ärmel darüber, aber es half nichts. Irgendwann gab sie nach, lehnte sich an die Küchenzeile und ließ die Tränen still auf den Boden heruntertropfen. Ab und zu schniefte sie, aber sonst gab Luisa keinen Laut von sich.

Es klingelte und Luisa zuckte zusammen. Kam er doch wieder zurück? Ein kleiner Funken Hoffnung wuchs in Luisa, als sie zur Tür ging.

Auf dem Weg zur Tür warf sie einen kurzen Blick in den Spiegel. Ihre Augen waren dick und gerötet und die Spuren der getrockneten Tränen zierten ihre Wangen. Sie sah scheußlich aus, aber das war ihr egal. Sie öffnete die Tür.

Davor stand Sarah, ihre beste Freundin, und schaute sie mitleidig an. „Komm her, Süße. Marcus hat mir gesagt, dass du mich brauchen könntest.“ Sie kam zur Tür herein und nahm Luisa in den Arm. Luisas letzte Hoffnung hatte sich soeben in Luft aufgelöst und diesmal verlor Luisa die Kontrolle über ihren Körper. Ihre Beine gaben nach, die Tränen liefen endlos über ihr Gesicht und Luisa schluchzte unkontrolliert. Sarah saß einfach nur daneben und hielt sie im Arm. Sie wusste, dass sie in diesem Moment auch nichts anderes tun konnte. Vier Wochen später saßen die beiden am Strand. Es war Sarahs Idee gewesen, damit Luisa nicht zu Hause sein musste, wenn Marcus seine restlichen Sachen aus der gemeinsamen Wohnung holte. Der Strand war wunderschön. Mit feinem, weißen Sand. Vereinzelt standen Palmen, die ein wenig Schatten spendeten. Von Weitem war das Wasser wunderschön türkisblau, aber wenn man näherkam, war es eigentlich glasklar, und man konnte, egal wie weit man hineinging, den Meeresboden und die vielen kleinen bunten Fische sehen. Es waren kaum Menschen am Strand und man hörte nur das Rauschen der Wellen.

Sarah hatte sich auf den Bauch gelegt und las ein Buch. Luisa saß im Schneidersitz auf dem Handtuch und starrte auf das Meer hinaus. Von außen konnte man keine Gefühlsregung erkennen, aber innerlich sah es bei Luisa ganz anders aus. In den letzten Wochen hatte sie immer wieder versucht, die Trennung zu verstehen. Zuerst wollte sie es nicht wahrhaben. Jeden Tag hatte sie die Hoffnung, dass Marcus einfach wieder zur Tür hereinspazieren würde. Aber er kam nicht.

Luisas Hoffnung wandelte sich von Tag zu Tag mehr in Verzweiflung, bis sie letztendlich in ein tiefes Loch fiel. Sie konnte nicht mehr schlafen, aß kaum noch etwas und immer wieder brach sie heulend zusammen. Sarah besuchte sie regelmäßig, obwohl Luisa ihr immer wieder sagte, dass sie allein sein wollte. Allein mit sich, ihrer Trauer und ihren Gedanken. Auch jetzt kreisten ihre Gedanken wieder, so dass Luisa fast schwindelig wurde. Sie spürte, wie ihr Herz immer stärker klopfte und sich wieder dieses beklemmende Gefühl in ihrer Brust breitmachte. Inzwischen wusste sie aber immer besser, wie sie mit diesem Gefühl umgehen musste. Deswegen schloss sie ihre Augen und atmete tief ein und aus. Sie konzentrierte sich nur auf ihre Atmung, um ihre Gedanken zur Ruhe zu bringen.

Als sie ihre Augen wieder öffnete, sah sie ein junges Paar, das verliebt am Meer entlanglief. Er hatte seinen Arm um ihre Schulter gelegt und schaute sie voll Bewunderung an. Sie schmiegte sich an ihn und strahlte vor Freude. Es war wie ein Stich ins Herz und wieder schossen Luisa die Tränen in die Augen. Sie griff nach ihrer Taucherbrille und stand auf.

„Alles okay?“, fragte Sarah erschrocken, da Luisa sich zuvor gefühlt stundenlang keinen Millimeter bewegt hatte.

„Ich versuche ja wirklich über Marcus und den Trennungsschmerz hinwegzukommen“, sagte Luisa mit zusammengebissenen Zähnen und trotzdem etwas zu laut, „aber egal, wo ich hinschaue: Überall sehe ich verliebte Paare oder Dinge, die mich an Marcus erinnern. Wieso kann ich das Ganze nicht einfach vergessen?“

Sarah legte ihr Buch zur Seite und setzte sich aufrecht hin.

„Ist es nicht immer so, dass man das sieht, worauf man sich unterbewusst konzentriert?“, versuchte Sarah zu erklären.

„Als ich mal Angst hatte, dass ich schwanger bin, habe ich plötzlich auch überall nur noch Schwangere und Babywerbung gesehen. Ich glaube, man ist im Unterbewusstsein in solchen Momenten einfach empfänglicher dafür."

„Möglich. Dann werde ich mein Unterbewusstsein jetzt mal auf andere Gedanken bringen", antwortete Luisa, drehte sich um und stapfte zum Wasser.

„Soll ich mit?", rief Sarah ihr noch hinterher, aber Luisa hörte sie nicht mehr.

Der Sand unter ihren Füßen war heiß und Luisa war froh, als sie das kühle Wasser erreichte. Immer weiter ging sie hinein, bis sie nicht mehr stehen konnte. Etwas weiter draußen gab es ein Korallenriff und so schwamm Luisa los. Als sie das Riff erreicht hatte, setzte sie ihre Taucherbrille auf, steckte sich den Schnorchel in den Mund und ließ sich auf dem Bauch im Wasser treiben. Die Sonne schien direkt auf die Korallenriffe, die dadurch in den buntesten Farben erstrahlten. Überall waren bunte Fische in den verschiedensten Größen und Formen. Einige Arten davon hatte Luisa noch nie zuvor gesehen. Sie beobachtete sie fasziniert.

Dann fiel Luisas Blick auf zwei kleine Seepferdchen, die sich gemeinsam im Kreis drehten. Sie erinnerte sich, mal gelesen zu haben, dass Seepferdchen ein Leben lang zusammenbleiben.

„Wieso haben Marcus und ich das nicht auch geschafft?", ging es Luisa sofort durch den Kopf. Dieses Mal spürte sie, das erste Mal nach der Trennung, noch ein weiteres Gefühl, das sich langsam in ihrem Körper breitmachte und die Trauer zur Seite schob: Wut. Wieso hatte Marcus ihnen nicht noch eine Chance gegeben? Wieso war dieser Feigling einfach davongelaufen? Und vor allem: Wieso konnte sie ihn nicht endlich einfach vergessen?

Luisas Puls erhöhte sich, sie hörte das Blut in ihren Ohren rauschen und selbst im Wasser hatte sie ihre Fäuste geballt. Sie versuchte die

Gedanken an Marcus wieder zur Seite zu schieben, spürte, wie die Wellen sie beruhigend hin und her wiegten. Die Sonne schien wärmend auf ihren Rücken. So ließ sie sich eine Weile im Meer treiben, bis sie eine große Meeresschildkröte sah. Sie war dunkelbraun, fast schwarz, und hatte einen sehr schmalen Kopf. Die beiden großen Flossen wirkten im Vergleich riesig. Der Panzer bestand aus einzelnen Platten, die übereinanderlappten und auf denen gelbliche und hellbraune Flecken zu sehen waren. Diese verliehen dem Panzer eine wunderschöne Musterung. Die Schildkröte ließ sich vom Wasser tragen und bewegte nur selten ihre Flossen. Sie sah so anmutig aus, wie sie schwerelos im Wasser trieb. Der Panzer wirkte wie ihr eigener Schutzschild und man hatte das Gefühl, als könne nichts an sie herangelangen. Nichts könnte sie verletzen oder aus der Ruhe bringen.

Luisa beobachtete die Schildkröte eine Weile, wie sie über die Korallen schwebte, und ließ diese Ruhe und Gelassenheit auf sich wirken. Ihr Puls verlangsamte sich und langsam öffnete sie wieder ihre Fäuste. Luisa hatte mal einen Bericht über Meeresschildkröten gesehen. Sie durchqueren in ihrem Leben ganze Ozeane und legen dabei tausende Kilometer zurück. Luisa war damals schon beeindruckt gewesen und jetzt, als sie diese große Meeresschildkröte direkt in ihrer Nähe sah, umso mehr. Wie alt mochte die Schildkröte wohl sein? Was hatte sie wohl schon alles von der Welt gesehen und was muss sie schon alles erlebt haben? Schützte sie der Panzer wirklich vor allem? Können Schildkröten überhaupt seelisch verletzt werden und weinen? Und war es nicht einsam, so allein im großen, weiten Meer?

Luisa fühlte sich in letzter Zeit sehr einsam, dabei war sie noch gar nicht lange allein. Gewisse Schildkrötenarten können bis an die 200 Jahre alt werden. Wahrscheinlich würde die Schildkröte sie auslachen, wenn sie wüsste, wie sehr Luisa wegen der Trennung litt. Sie finden nur für die Paarung zusammen und sind anschließend wieder Einzelgänger. Im Vergleich zu so einem Schildkrötenleben würde diese Phase in Luisas Leben oder eine Trennung allgemein gar keine Rolle spielen.

In diesem Moment musste Luisa an ihre Großmutter denken. „Die Zeit heilt alle Wunden", hatte Oma früher immer gesagt, und zum ersten Mal verstand Luisa so richtig, was sie damit gemeint hatte.

Durch die Begegnung mit der Schildkröte fühlte sie sich stärker, und als das Tier außer Sichtweite getrieben war, stieg Luisa aus dem Wasser.

Sarah saß am Strand und starrte wie gebannt auf das Meer. Als sie Luisa sah, atmete sie erleichtert aus. „Da bist du ja. Ich habe mir schon Sorgen gemacht." Luisa ließ sich neben ihr auf das Handtuch fallen. „Mir geht es gut", sagte Luisa, und diesmal empfand sie es auch wirklich so.

„Sollen wir uns für das Lichterfest fertig machen?", fragte Sarah und begann schon ihre Sachen zusammenzupacken. Es war November, und zu dieser Zeit fand hier das Lichterfest statt. Die Einheimischen glaubten daran, dass man den Lichtern allen Ärger und alle Sorgen mitgeben könne und dann mit einer gereinigten Seele ein neues Leben beginne. Luisa gefiel dieser Gedanke, weswegen sie sich das Spektakel am Abend auf keinen Fall entgehen lassen wollte.

Sie zog ein langes, weißes Sommerkleid an. Es hatte dünne Spaghettiträger und einige Spitzendetails. Durch das Kleid kam Luisas Bräune noch besser zur Geltung. Kurz bevor sie gingen, betrachtete sie sich im Spiegel. Sie stand einfach nur da. Schaute an sich herab, dann wieder auf das Spiegelbild. Irgendwann fing sie an, sich hin und her zu drehen. Als sie wieder stehenblieb, schaute sie ihrem Spiegelbild direkt in die Augen. Erst konnte man keine Regung erkennen, doch dann breitete sich ein kleines Lächeln auf ihrem Gesicht aus und das erste Mal seit der Trennung sah man auch wieder ein kleines Funkeln in ihren Augen.

Sarah und Luisa machten sich auf den Weg, und als sie den Strand erreichten, war dieser schon brechend voll. Überall tummelten sich die Menschen und alle redeten wild durcheinander. Der Geräuschpegel war enorm und von der Ruhe, die mittags am Strand geherrscht hatte, war nicht mehr viel übrig. Es waren hauptsächlich Einheimische am Strand, die sich unterhielten. Jedoch entdeckten die beiden auch immer wieder Touristen, die sich das Fest offensichtlich auch nicht entgehen lassen wollten und interessiert durch die Menge liefen. Da es sich um ein religiöses Fest handelte, waren auch einige Mönche am Strand, die sich in ihren orangefarbenen Gewändern einen Weg durch die Menschenmenge bahnten.

„Ich habe etwas für dich", sagte Sarah und hielt Luisa eine Laterne entgegen.

Luisa war zuerst sprachlos, doch dann stammelte sie gerührt:

„Danke schön."

Mit zitternden Händen griff sie nach der Laterne.

„Ich hab dich lieb und du bist gut so, genau wie du bist. Irgendwann wird der richtige Mann kommen und genau das erkennen und zu schätzen wissen", sagte Sarah und nahm Luisa in den Arm.

„Ich danke dir", stammelte Luisa und wieder liefen ihr ein paar Tränen die Wange herunter. „Ich hab dich auch lieb und ich bin froh, dass du die letzten Wochen bei mir warst."

Als sich die beiden aus der Umarmung lösten, wurden um sie herum schon die ersten Laternen angezündet. Am Ufer wurden kleine Lichter auf das Wasser gesetzt, die dann von den Wellen auf das Meer hinausgetragen wurden. Sarah zündete ihre Laterne an und hielt Luisa das Feuerzeug entgegen. Erst da fiel den beiden Frauen auf, wie ruhig es um sie herum geworden war. Die Gespräche waren verstummt und trotz der vielen Menschen war nur noch das Meeresrauschen oder vereinzeltes Flüstern zu hören. Die ersten Laternen wurden in die Luft gelassen und spiegelten sich im Meer. Zusammen mit den kleinen Lichtern, die auf das Meer hinausgespült wurden, sah es so aus, als würde das ganze Meer in Flammen stehen. Luisa spürte, wie sich über ihren gesamten Körper eine Gänsehaut ausbreitete, obwohl es gar nicht kalt war. Ihr Mund stand offen und für einen kurzen Moment schien es, als würde ihr Atem stillstehen. Regungslos stand sie da. In der Hand die Laterne und den Blick auf das Meer und die vielen Lichter gerichtet.

„Auf drei lassen wir los", rief Sarah und begann zu zählen. „1…2…3." Luisa schaute auf ihre Laterne und ihre Gedanken schweiften noch einmal zu Marcus. Aber sie spürte, dass sich etwas verändert hatte. Da war keine Trauer mehr. Kein stechender Schmerz. Auch keine Verzweiflung oder Wut. Grenzenlose Ruhe breitete sich in Luisa aus. Sie atmete noch einmal tief ein und aus. Und dann ließ sie los …

„Grenzenlose Ruhe breitete sich in Luisa aus."

Die Autoren

Céline Zimmer

Céline Zimmer ist seit ihrer Kindheit eine begeisterte Leserin. Schon als kleines Mädchen hat sie ihre ersten Geschichten und Theaterstücke geschrieben. Zurzeit arbeitet sie als Architektur-Doktorandin an der Universität in Luxemburg. Bei der ganzen trockenen, theoretischen Fachliteratur lässt das Schreiben in eigener Sache sie zwischendurch mal aufatmen und verschafft ihr den benötigten Ausgleich. Der schmale Grat zwischen Realität und Fiktion sowie die grenzenlose Freiheit beim Schreiben treiben sie immer wieder an, sich mit einer Tasse Kaffee eine Auszeit vom trivialen, meist eher langweiligen Alltag zu verschaffen und ihn sich schönzuschreiben.

www.instagram.com/_dazwischen

Michael Thode

Michael Thode, geboren 1974 in Heide/Schleswig-Holstein, ist Jurist und Fachjournalist. Er arbeitete unter anderem als freier Mitarbeiter einer Zeitungsredaktion, als Niederlassungsleiter in einer Spedition, als Abteilungsleiter in der Lebensmittelindustrie sowie als Personalstabsoffizier im Kosovo und in Afghanistan.
Michael Thode lebt in der Lüneburger Heide und schreibt Thriller und Kurzkrimis, für die er mehrfach ausgezeichnet wurde.
Sein erster Thriller ist 2014 bei Bastei Lübbe erschienen, der zweite Band kommt im Frühjahr 2021 wiederum bei Bastei Lübbe heraus.

www.michael-thode.de

www.instagram.com/michael_thode_autor

Elifcan Ünal

„Für mich sind Träume keine Produkte
der Fantasie, sondern der wahre Grund
für unser Dasein auf dieser Welt.
So glaube ich, dass all die Träume,
die unserem Herzen entstammen,
auch den Weg zur Erfüllung in sich tragen.
‚Träume werden wahr' ist mein Lebensmotto –
und mein größter Traum ist es, inspirierende Bücher
zu schreiben, die meine LeserInnen auf ihrem
Weg zu ihrem wahren Selbst begleiten.
Mögen meine Worte wirken und direkt aus
meinem Herzen in den Herzen meiner
Mitmenschen ankommen."

www.instagram.com/elifjane

Jennifer Böhm

Hundefreak mit Hang zum Kreativen und Emotionalen – so wird Jennifer Böhm beschrieben. Aber sieht sie sich auch selbst so? Definitiv!

Egal ob beim Ideensammeln für Kurzgeschichten oder beim Schreiben ihres ersten Liebesromans, Wanderungen mit ihren Vierbeinern sind für die 1998 geborene Burgenländerin die größte Inspiration.

Verfolgt ihren Weg zur Buchveröffentlichung auf Instagram:

www.instagram.com/jenniferboehm.author

Kimberly Heinke

Wer hat nicht seine eigene,
kleine Seelenheimat?

Kimberly Heinke, geboren 1996, fand ihre während ihres Studiums in der Philosophie, Psychologie und Religionswissenschaft.

Mit der Liebe zum Schreiben in ihrem Herzen, nimmt Dich die Bochumerin gerne mit in ihre Welten voller Humor, Liebe und die einen oder anderen, kleinen Abgründe.

www.instagram.com/kimiii_h

Marina Kryuchkova

Abenteuerlustig
Blau
Club der toten Dichter
Du bist wichtig :-)
Echt.
Freikirche
Gänseblümchen
Hanson, Erin
Indien
Jahrgang 98
Kinderschutzbund
Lesehungrig
Maikind

Neugierig
Obst
Philosophieren
Querdenker
Reisen
Save the Children
Thalassophil
Ukrainische Wurzeln
Verträumt
Warum nicht?
x-Mal Tee getrunken
Yahoo Mail!
Zusammenhalt

www.instagram.com/mkryuchkova

Sandra Wiedemann

„Ich liebe es, mit Worten zu kreieren und zu berühren. Nach zwei autobiografischen Romanen, in denen ich einen schweren Schicksalsschlag verarbeitet habe, bin ich meiner Leidenschaft wieder treu: Spannende Geschichten mit Gänsehautfaktor. Durch einen Schreibwettbewerb, bei dem ich für die ‚Schwarze Witwe' ausgezeichnet wurde, habe ich meine Vorliebe für Kurzgeschichten entdeckt.
Ich hoffe, dass Dir auch ‚Auf ewig mein' gefällt.
Herzlichst, Deine Sandra Wiedemann ☺"

www.instagram.com/wiedemann.sandra.autorin

Christina Leoni

Die aus Österreich stammende Visionärin
war bis vor der Geburt ihrer Kinder Angestellte
im Bereich Werbung/Marketing.
Im Herzen Weltenbummlerin folgt sie nun
ihrem Wunsch nach Selbstverwirklichung und
nimmt ihre Mitmenschen gerne mit auf die
Reise in ungewohntes Terrain.
Ihre erste Kurzgeschichte wurde im
Sammelband Spontanität veröffentlicht und
durfte mit 9 weiteren Geschichten
inspirierende Impulse setzen.

www.instagram.com/cl_colourfullife

Dominique Walker

„Ich animiere gerne Menschen, das Leben aus einem anderen Blickwinkel zu sehen“, sagt die fröhliche frischgebackene Mama aus den Schweizer Bergen.

Mit ihrem herzlichen und offenen Schreibstil ist sie auf dem Weg zu ihrem ersten Fantasyroman.

„Ein lang ersehnter Traum“, schwärmt sie und ihre Augen strahlen dabei.

Folgt ihrem Weg auf Instagram:

www.instagram.com/dolli.walker.schreibt

Jenny Mohr

Jenny Mohr wurde 1991 in Wuppertal geboren, lebt aber seit ihrer Jugend in Heilbronn. Neben ihrem Beruf im Vertrieb studierte sie BWL und Wirtschaftspsychologie. Sie ist oft in der Natur unterwegs, um abzuschalten und neue Ideen zu entwickeln. Zudem setzt sich die Weltenbummlerin gerne mit anderen Menschen, Kulturen und deren Geschichte auseinander und scheut sich nicht davor, dadurch auch ihre eigene Denkweise zu hinterfragen. Dies spiegelt sich in ihren Geschichten wider und bringt die Leser dazu, Dinge aus einer anderen Perspektive zu betrachten. Aktuell schreibt sie an ihrem ersten Liebesroman, in dem sich vermutlich viele Menschen wiedererkennen werden.

www.instagram.com/jennymohr_autor

edition
10 inspirierende
Kurzgeschichten zum Thema
Spontanität
herausgegeben
von Michael Draksal
Spontanität
10 inspirierende Kurzgeschichten
Michael Draksal
draksal

Impressum

Bibliografische Information der Deutschen Nationalbibliothek
Die Deutsche Nationalbibliothek verzeichnet diese Publikation in der Deutschen Nationalbibliografie. Detaillierte bibliografische Daten sind im Internet abrufbar: http://www.dnb.de

Draksal, Michael (Hrsg.) (2020):
Loslassen. 10 inspirierende Kurzgeschichten.
Leipzig: Draksal Fachverlag.
ISBN 978-3-86243-253-0

Auch als E-Book erhältlich:
ISBN 978-3-86243-254-7 (E-Pub)
ISBN 978-3-86243-255-4 (PDF)

Gesamtherstellung
Draksal Fachverlag GmbH
Postfach 10 04 51
04004 Leipzig
Deutschland
www.Edition-Schreibrausch.de

Lektorat
Draksal Fachverlag GmbH

Satz & Grafik
Katja Krüger

Umschlaggestaltung
Katja Krüger

Bildnachweis
Michael Draksal: Tintenklecks-Bilder
Céline Zimmer: Autorenfoto
Dominique Walker: Autorenfoto
Jenny Mohr: Autorenfoto
Elifcan Ünal: Autorenfoto
Sandra Wiedemann: Autorenfoto
Christina Leoni: Autorenfoto
Marina Kryuchkova: Autorenfoto
Jennifer Böhm: Autorenfoto
Michael Thode: Autorenfoto
Kimberly Heinke: Autorenfoto